WRITTEN BY
花間燈
ILLUSTLATION
榎本ひな

猫耳天使と恋するリンゴ

私ね、
イツキ君が好き。
好き。
大好き。
世界で一番好き。
雪姫から溢れた感情がとけだして、
こんこんと言葉が
降り積もっていく。

「おまたせっ」

「スクール水着……
だと?」

現れようとも、
イツキさまは渡しません』

「何度

猫耳天使と恋するリンゴ

花間 燈

MF文庫J

口絵・本文イラスト●榎本ひな

思えばそれがぼくの初恋だったのかもしれない。

胸が苦しくて、張り裂けそうで、せつない感じ。

相手のことしか見えなくなって、考えられなくなって、食べてしまいたくなる。

芸術的な球体。鮮やかな真紅。なにより美しい艶《つや》に目を奪われた。

十数個積まれたカゴの中で、ひときわ輝く一玉。

三大欲求とは別の意思がそれを食せと訴える。

おもむろに手を伸ばして掴《つか》み取る。

詰まった果肉を想像させるずっしりとした重みに胸が震える。

そしてぼくは林檎《りんご》を食べた。

皮のまま、丸かじりにした。

甘く、瑞々《みずみず》しく、それでいてシャリっとした確かな歯ごたえ。

林檎の味は衝撃的ですらあり、あまりの旨《うま》さに涙すら流しながら、芯まで食べ尽くした。

どれほどの愛を注いで育てればこんな林檎が実《みの》るのだろう。

まだ見ぬ北の産地に想《おも》いを馳《は》せる。

緑の葉の合間に生《な》る赤い宝石を夢想する。

林檎を片手に笑みを浮かべる農家のオジサンと、目の前のオヤッさんが重《かさ》なった。

というか八百屋《やおや》のオッサンだった。
にかっと人懐っこい笑みを浮かべる中年に、つられてぼくも笑ってしまう。
笑顔は素晴らしい交渉道具《コミュニケーションツール》。万国共通で大抵のことは笑って誤魔化《ごまか》せる。
笑顔で誤魔化せないのはだいたい金銭《マネー》が絡んだ場合。
不利益は倒産に直結する死活問題であり、お店は無銭飲食を許してくれない。
ごつくて逞《たくま》しい指で示された値札には『リンゴ一玉三〇〇円』と書かれていた。

第一章 ◆ 猫と天使と林檎の出会い

白木雪姫《しらきゆきひめ》は口数が少ない。

言葉の使用頻度《ひんど》と、前髪で瞳を隠すスタイルは小学生の頃から変わっていない。

高校二年生になっても口下手《くちべた》なのは相変わらずで、依然として視線は髪で隠れがちで、従来通り控えめで大人しく、現在進行形でぼくの隣を歩いている。

「とまあ、昨日はそんなことがあったんだ」

「……そう」

短い吐息のような返答も彼女の通常運行。

狭い歩幅に合わせ肩の上で揺れる髪先。ふれたらとけてしまいそうな、初雪を想《おも》わせる肌。線が細くて、全体的に華奢《きやしや》で小柄な女子高生。雪姫はぼくの幼馴染《おさななじみ》だ。

「あんなに美味《おい》しい林檎《りんご》は初めて食べたよ。一玉で三百円なんて強気な価格設定も納得できる。せっかくだからもうひとつ買って帰ったんだけど、一個目ほど旨《うま》くなかったな」

ゴールデンウィークを間近に控えた四月の下旬。月曜日の放課後。学校からの帰り道で、ぼくは休日にあった出来事を雪姫に聞かせていた。

「雪姫は？　休日はどんな風に過ごしてた？」

　適度に話題をふってやるのが長年の経験で培《つちか》った幼馴染《おさななじみ》との会話術。自分からは口を開《ひら》かない雪姫《ゆきひめ》も、訊《たず》ねてやればぽつぽつと語り出す。

「……お部屋で、本を読んでたの」

「ママさんとパパさんは？」

「おかあさんたちは、デートしてたみたい」

「そっか。相変わらず仲がいいんだな」

　こくりと頷《うなず》く雪姫は楽しげだ。大好きな家族の話ができて嬉《うれ》しいのだろう。好きなモノの話をする時、この子は少しだけ饒舌《じょうぜつ》になる。

「最近ね、リトルがお利口さんなの」

「え、ほんとうか？」

　リトルは白木《しらき》家で飼っている白い大型犬だ。リトルは愛称で、正式名はリトルマウンテン。山のように大きくなれと名付けられた子犬は、名前の通り図体《ずうたい》だけは立派になった。

「だけど、リトルはあほの子だからな。あいつが利口になるなんて信じられない」

　愛らしかったのは子犬の頃だけで、現在は寝てばかりの駄犬である。

「でもね、リトルってば、叱《しか》らなくても散歩にいくようになったの」

　雪姫はたどたどしくも順を追って話してくれた。リトルの様子がおかしくなったのは土曜日の朝から。急に聞き分けがよくなり、だらしなく寝そべったりもせず、ご飯のおかわりもねだらない。今朝など行儀よくお座りして雪姫を見送ってくれたらしい。

「なにその忠犬……そいつはたぶんリトルじゃないな。あの駄犬はそんなに殊勝《しゆしよう》な奴《やつ》じゃない。きっとリトルに似た別の犬が入れ替わってるんだ」

「ふふっ、なにそれ」

くすくすとのどを鳴らす雪姫。リトル影武者説がおかしかったらしい。

「まあ、利口になったならいいんじゃないか？　ようやく犬としての自覚がでてきたってことだろ。駄犬歴四年という汚名を返上する気でいるのかもな」

「……うん。でも、ちょっと複雑かも。お利口さんなのは嬉しいけど、だめなリトルも私は好きだから。お利口さんじゃなくても、私はリトルが大好きだから」

困ったように微笑《ほほえ》む雪姫。言うコトを聞かなくても困る御主人様は、いきなり態度を改められても戸惑ってしまうらしい。

「今度、またリトルの散歩に付き合うよ」

「ほんと？　じゃあ……約束」

差し出される白い手。絡めた小指はやっぱり華奢《きやしや》で、少しだけ冷たい。

「リトルも、すごく喜ぶよ」

緩《ゆる》められた唇《くちびる》は素直な笑顔の表現《カタチ》。瞳から感情を覗《のぞ》けない分、口元から表情を読み取っている。この子は唇がいちばん心を映すから。

不意に雪姫《ゆきひめ》が足を止めて、ぼくも合わせて上を仰ぐ。

「……ああ、すっかり満開だな」

桜並木の道。紅《べに》を限界まで薄めて垂らしたような淡い桃色の花弁が風に舞う。雪が融《と》けるのと入れ替わりで蕾《つぼみ》をつけていた花たちが、ようやく咲き揃《そろ》っていた。

「……どうして散っちゃうのかな。ずっと、咲いていればいいのに」

かすかに聞こえた声は、きっとただの独り言だったのだろう。

「イッキ君もおなじ気持ちだったなら、きっと、ずっと咲いたままなのに」

ぼうっと桜を見つめる雪姫の表情のほうが気になった。きゅっと唇《くちびる》が結ばれる。それは不安の主張。あまりしてほしくない感情表現だった。

「雪姫？」

思わず彼女の額《ひたい》に手をやった。サラサラの黒髪を押さえて、隠された素顔を暴《あば》くと、大きな瞳が不思議そうにぼくを見つめていた。

「ごめんなさい。なに言ってるか、わからないよね？」

儚《はかな》げに雪姫は微笑《わら》う。

「ちゃんと伝えたいのに、ちっともうまくできないの」

吐息がかかる距離で、澄んだ瞳を晒《さら》したまま、可憐《かれん》な笑みを花開《ひら》かせる。

雪姫は可愛《かわい》い。童話の白雪姫《スノウホワイト》すら羨《うらや》みかねないほど綺麗《きれい》な女の子だ。

もしも知らずに素顔にふれたなら、きっと、誰《だれ》もが彼女の美貌《びぼう》に息をのむ。

「もっと上手に、自分の気持ちを、伝えられたらいいのにね」

それは控えめで大人しい幼馴染《おさななじみ》が抱いた理想《ユメ》。

痛いくらいに強くて、せつなくも激しい、ひとつの憧《あこが》れだった。


雪姫《ゆきひめ》と別れたあと、家の近所の公園で不思議な場面に出くわした。

思わず足を止めてしまうくらいに興味を引かれた物珍しさ。まるで絵本の一ページ。優しげな半面、どこか奇妙《おかし》な童話のよう。

――たとえば猫。

魔女の使い魔みたいに真っ黒な毛並みと、青と緑を混ぜ合わせたミントブルーの瞳を持つ猫。大きな桜の木の枝にすがりついて震えている。

――たとえば女の子。

腰まで届く見事な金髪《ブロンド》。湖面のように透き通った碧眼《へきがん》。純白のワンピースに身を包んだ十歳くらいの小さな少女。じっと木の上の猫を見つめている。

満開になった桜の木の上でどうやら下りられなくなったらしい猫と、それを見上げる少女。この上なくベタな場面《シチュエーション》なのに、少女の個性が映画のワンシーンを想《おも》わせた。

少女の他に人はいない。何となく気になったぼくは、童話の庭に足を踏み入れていた。

「こんにちは。あの猫、おりられなくなったんだな」

女の子はちらりとぼくを横目に見て、小さく「こんにちは」と返してくれる。声は透き通っていて、とても綺麗《きれい》な発音で、言葉はちゃんと通じるらしい。

「どうして」

「ん？」

「おりることができないのに、どうしてのぼってしまったのでしょうか」

「奥の深い質問だな。猫は高いとこが好きって話はよく聞くけど」

「そうなのですか」

「あの猫は君の？」

「いえ、本日が初対面です」

簡潔な返答。人形を連想させる横顔から感情は読み取れない。ただ、ぼくと話している間も、彼女の青い瞳はずっと黒猫を映していた。

「肩車したら届くかもな」

「え？」

長い金髪を躍らせて、今度ははっきりとぼくに向き直る。ふれたら壊れそうなほどに儚《はかな》く繊細《せんさい》な容姿。硝子《がらす》のような表情に、初めて『色』が灯《とも》ったように見えた。

「ぼくが君を肩に乗せたら、君の手が猫に届くかもしれない。試してみないか？」

少女は驚いたように瞬《まばた》きをしたあと、コクリと小さく頷《うなず》いた。

「ぼくの首に跨《また》がってくれるか？　ちゃんと支えるから」

鞄《かばん》を置いたぼくは忠実な従者のように恭《うやうや》しく膝《ひざ》をつく。女の子はおずおずと両手をぼくの頭に乗せ、言われた通り首に跨った。

見た目通りの軽い体重を確認し、細い足をしっかり掴《つか》んで立ち上がる。

「大丈夫か？　怖かったりしない？」

「問題ありません」

そっけない返答が落ちてくる。感情表現が希薄《きはく》で物怖《ものお》じしないタイプらしい。彼女が腕を猫へと伸ばす。小枝のような指先が猫にふれ、脇《わき》をすくうように抱き上げた。

「届きました」

「上出来だ。おろすぞ」

作業はゆっくり慎重に。腰を落として、頭を下げ、少女のつま先を地面につける。黒猫は大人しく少女の胸に抱かれていた。

「よかったな。この子がいなかったら、ぼくはお前に気づかなかった」

少女に抱かれた猫の頭を撫《な》でてやる。飼い猫ではないようだが嫌がる素振りはない。目を細めた黒猫が「ふにゃあ」と気の抜けた鳴き声をあげた。

「きゃ……っ？」

少女がびくんと体を震わせる。猫の鳴き声に驚いたのだ。でもきっと、ぼくのほうが驚いていたと思う。鳴き声に驚いた女の子が、次の瞬間に見せた表情の変化に。

「なんだ、綺麗《きれい》に笑えるんじゃないか」

ずっと無表情だった少女が、ふっと微《かす》かに口元を綻《ほころ》ばせていた。

「……猫とは、こんな抱き心地なのですね。やわらかくて、あたたかい」

「あれ、もしかして猫を抱いたの初めて？」

「はい。初《はつ》体験です。見たのも初めてです。肩車というものも初めてでした」

「そりゃまた珍しい。君はやっぱり外国の人だったり？」

「外国……そうですね。そのニュアンスで間違っていないと思います」

「もしかして迷子とか？」

「迷子じゃないです。探しものをしていました。とても大切なモノなのです。それを探して、わたくしはここにきました」

「何を探してるんだ？　よかったら探すの手伝うよ」

「いえ、もう見つけましたから」

そう言って、彼女は猫を抱いたまま一歩を踏み出した。懸命に踵《かかと》をあげ、首をいっぱいに伸ばしてすんすんと鼻を鳴らす。

「……ああ、やっぱり。貴方《あなた》から甘い匂いがします」

異国色の少女はせつなげに囁《ささや》く。

「敵の襲撃に遭ったために、ここ数日は行方知れずだったのですが――」

その動作は無造作に。左手で猫を抱えながら、少女の右腕が吊《つ》り上《あ》げられていく。青い瞳はじっとぼくを見つめたまま、可憐《かれん》な唇《くちびる》が言葉を奏《かな》でる。

「林檎《りんご》の片割れ、ようやく見つけました」

白く華奢《きやしや》な指先が向けられたのは何だか冴《さ》えない少年A。というかぼくだった。

「……え？　ぼく？」

「後ろ。――あぶないのですよ？」

少女の指摘に振り向いたぼくは、ようやく自身に迫る脅威《きようい》を視認した。

「……は？」

そこには怪物がいた。十数メートルを隔《へだ》てた先に佇《たたず》む人型のバケモノ。

「なんだ……あれは？」

人型ではあるが、人より遥《はる》かに大きな体。筋骨隆々《きんこつりゆうりゆう》の肉体は毛むくじゃらで頭部は山羊《やぎ》のそれ。呼吸に合わせて波打つ体毛が、その巨体が着ぐるみではないと主張する。

その異様な容姿に、ぼくの体中から嫌な汗が噴き出した。

「ぶもおおおおおおおおおおおおおうっ!!」

怪物が不吉な雄叫《おたけ》びをあげて動き出した。大きな足が向かう先はこちら。あろうことか奴《やつ》が目を付けた獲物はこのぼくらしい。

「それはなんて名前の特撮《とくさつ》怪人なんだ⁉」

同時にぼくも駆け出した。怪人から逃げるため。脱兎《だっと》のごとく。必死で地面を踏む。

まずいと思った。直感した。アレに捕まったら大変なことになる。少年誌にはとても掲載できないような酷《ひど》い目に遭うに違いない。

「普通に魂《たましい》とか抜き取られそうだし‼」

控えめに見積《みつ》もっても命は助からない。冗談じゃなかった。ぼくはまだ人生の半分も謳歌《おうか》していない。女の子とのキスだって未経験。この世に未練がありすぎる。

「ぶもおおおおおおおんっ‼」

振り下ろされる特撮怪人の腕。沸《わ》き立つ轟音《ごうおん》。地震のように揺れる大地。地面に大きな亀裂《きれつ》が走った。

「ひいいいいいいいいいっ⁉」

あんなのを食らったらアウトだ。ぼくの人生が強制終了してしまう。大人の階段をのぼる前に天国への階段をのぼることになる。

唯一の救いは怪物の動作が鈍いこと。全力で逃げていれば追いつかれることはない。ただ、アレに体力とか疲労とかの概念《がいねん》が存在するのか疑問だ。普通の人間でしかないぼくは、ずっとは走っていられない。正体不明の怪物と鬼ごっこ。運動と恐怖で呼吸が乱れ、容赦《ようしゃ》のない勢いでぼくの体力を奪っていく。

そんな惨状《さんじょう》の端っこに、あまりにも場違いな少女の姿があった。

「ていうかあの子まだいるし！　おいっ、逃げろっ!!」

金髪の少女は猫を胸に抱いたまま微動だにしない。声が届いていないか、恐怖で竦《すく》んでいるのか、ぼうっと桜の下に立ち尽くしている。

「くそ……っ」

少女に駆け寄り、足を止めずに抱き上げる。長い金髪が風に撫《な》でられ広がった。

「――ねぇ」

お姫様だっこされた恰好《かっこう》で少女が誰《だれ》かに問いかける。

「――守りたい？　彼がきてくれなかったら、アナタはまだ木の上だった。アナタは、彼を守りたい？」

ぼくへの問いかけではないらしい。どちらにせよ返答する余裕なんてなかった。

「――それなら、わたくしにアナタのカラダを」

少女の言葉は、ひどく優しい声で紡《つむ》がれて、心の底に沈んでいく。

「――いい子ね」

そう囁《ささや》くのが聞こえて、腕から少女の体重が消え去った。

「……なっ？」

唐突な消失にワケがわからず立ち止まる。けれど、何が起こったのか確かめることは叶《かな》わなかった。一瞬の空白のあと、ぼくは光の奔流《ほんりゅう》に呑《の》み込まれたから。

「うわ……っ」

たまらず目を閉じた。あまりにも濃い光の質量に溺《おぼ》れてしまいそうになる。ぼんやりと開《あ》けた視界。その中で――

黒色の何かが宙を舞い、口から光線《ビーム》を吐いたように見えた。


ぺたぺたと顔に何かが当たっている。

ぷにぷにした不思議な感触に目を開けると、黒猫が仰向《あおむ》けに倒れているぼくの頬《ほお》を肉球で叩《たた》いていた。ぼくは、どうやら気を失っていたらしい。

「……特撮《とくさつ》怪人は？　あれ、あの子もいない」

「わたくしならおりますよ」

声がした。鈴の音のように澄んだ、あの子の声。横になったまま視線を巡らせてみる。

けれど、視界に入るのは猫と空と桜くらいで金髪の少女は見当たらない。

「どこだ？」

「目の前です」

目の前には、じっとぼくを見つめる猫が一匹だけ。

「……どこだ？」

「ですから目の前の猫です。いるでしょう猫。猫がわたくしなのです」

「……ぼくはまだ夢の中にいるらしいな」

「夢ではありません。ちゃんと現実なのですよ？」

猫が前足でたしたしとぼくの頬《ほお》を叩《たた》いてくる。感覚はきちんと働いているようで、ぷにぷにとした肉球パンチが地味に痛い。

「なら、その肉球でぼくの股間《こかん》を踏んでくれ」

「はい、ではそのように」

「ごめん。やっぱり腹部で頼む」

「かしこまりました」

黒猫はぼくの脇腹《わきばら》のあたりで止まり、うりゃうりゃと前足でぼくの腹部を踏んだ。

「……なるほど」

猫が少女の声で話すこの世界は、どうやら夢ではないらしい。

現実逃避の意味すら不透明になりそうな現状を受けとめ、体を起こして草の上に尻《しり》を落ち着ける。頭についた花弁をはらって猫と向かい合う。

「君は、いったい何者なんだ？」

「わたくしは天使です」

少女はそう自己紹介をした。正確には、少女の声で猫が天使を自称した。

「……君は、さっきの金髪の子なんだよな？」

「はい。天使としてのわたくしの姿ですね」

「それがなんで猫に？」

「天使が下界で活動するには多くのエネルギーが必要になります。こちらのルールとは別の〝決め事〟で動いていますから。この世界に存在するだけで力を消費し、しかも回復することがありません」

さっぱりわからない。

「アナタさまを襲ったのは悪魔と呼ばれる存在です。彼らとの戦闘は膨大《ぼうだい》な力を消費します。生身のままでは力を使い果たすことになり、体を維持《いじ》できなくなっていたでしょう」

やっぱりわからない。

「そこでこの猫の出番です。本来は天界にあるべき天使の体を、この世界に実体を持つ器に入れることでエネルギーの消費を抑えることができるのです」

あ、ちょっとわかったかも。

「この世界の生き物の中にいる間は、余計な体力の消費を減らせるってことか」

例えるなら氷と冷凍庫。放置すれば徐々《じょじょ》にとけてしまう氷の塊を、冷凍庫に放《ほう》り込むイメージ。この場合、天使が氷で猫が冷凍庫なのだろう。

「そうです。食事によって力の補給も可能ですね」

「けど、猫の意識はどうなってるんだ?」

「ちゃんと傍《そば》にいますよ。体を借りているわたくしなら対話もできます。一つの体に、二つの精神が宿っている状態ですね」

「体を取られて怒ったりしないのか?」

「許可は頂きました。助けた猫の恩返しだそうです」

「そっか。木からおろしてやったくらいで、律儀《りちぎ》な猫だな」

猫に恩返しされる日がくるとは思わなかった。いいことはしておくものである。

「天使は同意がないと生物への憑依《ひょうい》はできませんからね。しばらく体を借りる約束もしました。猫は人の言葉を話せませんから、口を介しての意思表示はできませんが」

「たしかに、君の声は頭に響いてくる感じだ」

猫の口は動いていないのに声だけが届いている。

「いわゆるテレパシーですね。この声はアナタさまにだけ届くように設定しています」

「まるでSFだな。猫と話してる姿なんて見られたら、完全に変人扱いだけど」

「その心配はいりませんよ。この公園内、この領域はわたくしの魔法で人払いをしていますから。他に人間はやってきませんし、領域内の出来事を外から確認することもできません。たとえば悪魔がいかに暴《あば》れようとも外部からの感知は不可能です」

「そんなことまでできるのか」

どうりで子どものひとりもいないわけだ。地面の亀裂《きれつ》が綺麗《きれい》さっぱりなくなっているのも、たぶんこの子が何かしたのだろう。

脱線した話を戻すように黒猫が「にゃふん」と咳払《せきばら》いをする。

「アナタさまは、林檎《りんご》を食べてしまったのですね」

「リンゴ？　確かに昨日、やたらとおいしいリンゴを食べたけど」

「ただのリンゴではありません。アナタさまが食べたのは『天界の林檎』です」

「天界の林檎？」

「天界は、ここことは違う軸に存在する世界です。原因は不明ですが、天界から林檎が落ちてしまったのです。落ちてしまったのなら、あるべき場所に戻さなければなりません」

「落ちた林檎を取り戻すために、君はこの世界にきたってことか」

黒猫は頷《うなず》く。

「悪魔は天界に入ることができません。だから下界に落ちた林檎を狙《ねら》ってくるのです。天界の林檎は、悪魔にとって是非とも手に入れたいモノですから」

「でも、普通に八百屋《やおや》に置いてあったけど？」

「そんなところにあったのですか。配送中のトラックにでも紛れ込んだのでしょうね」

なぜ天使が流通の仕組みを知っているんだろう。

「悪魔は林檎《りんご》が欲しい。それを食べてしまった人間がいるのなら、その人間から奪ってしまえばいい。それが悪魔の行動原理であり、アナタさまが襲われた理由です」

単純明快な話だった。すくなくとも天使が猫になった経緯よりはわかりやすい。

「《楽園へ至る鍵》《永遠《とわ》の安息》《真紅の流星》など、林檎には色々な別名がありますが意味するところは同じです。天界の林檎には〝望みを叶《かな》える力〟があるのです」

「望みを叶えるって……」

「何だって叶います。それが林檎の力が及ぶ範囲なら、どんな願望も現実に生《な》るのです」

「それは……」

それは悪魔でなくとも、誰《だれ》もが喉《のど》から手が出るほど欲しがるものだろう。どんな望みも叶えてくれる魔法の林檎。その魅力は悪魔を虜《とりこ》にするに十分だと想像できた。

ごくり、と無意識にのどが鳴る。

「そんなものを、ぼくは食べたってことか。……三百円で」

願いを叶える魔法の林檎が三百円ってどうなんだろう。コストパフォーマンス以前に採算が取れていない気がする。

「林檎を食べたぼくも願いを叶えられるのか？」

「それは不可能です。片割れでは、そこまでの力はありませんから」

「なら、悪魔がぼくを食べたって意味ないだろ」

「願いを叶えるまではいかなくとも林檎の力は強大です。食べた者の力を引き上げるくらいは造作もないでしょう。それだけでも価値がありますし、天界の林檎を食べた人間は非常に美味《びみ》らしいのですよ？」

「……涎《よだれ》が出るほどぼくが美味《おい》しそうってことですか」

「悪魔たちにとってアナタさまは天界の林檎そのものです。先ほどの悪魔も取り逃がしてしまいましたし、いつまた悪魔に襲われても不思議ではありません」

「ぼくはどうすればいい？　あんなのに狙《ねら》われるなんて、命がいくつあっても足りない」

幻想世界に身を置く人外の脅威《きょうい》。腕で大地を割るような怪物を相手に戦う術《すべ》などぼくにはない。情けないことに体が震えた。あんな化物がこの身を食らおうと襲ってくると思うと、心が恐怖で竦《すく》んでしまう。

「ご安心ください」

少女の声は透明で、不安に濡《ぬ》れた心に優しく響く。

「林檎を回収するまでわたくしがお側《そば》につきます。悪魔になんて渡しません」

黒猫は騎士のように端然とぼくを見る。

「安全《アナタさま》は、天使《わたくし》が保障《おまもり》しますから」

◇◇◇

花神双樹《はながみそうじゅ》は現在、花神家の玄関ホールに君臨《くんりん》していた。

ぼんやりとしたつり目が印象的で、艶《つや》やかで細い髪を頭の両脇《りょうわき》でツインテールにしている。足元は愛用のモコモコでモフモフなスリッパ。低い背丈に紺色ジャージを着込んだ中学生。双樹の視線は、ぼくの胸に収まる小動物に注がれていた。

「……猫だ。兄さんが猫を抱いてる」

「そうだな。兄さん、猫を抱いてるな」

「どうして？」

「うっかり拾ってしまって」

「それで？」

「えっと……この猫、飼ってもいいかな？」

おずおずと確認を取る。ぼくがペットの許可を申請したのは両親ではなく妹だった。仕事が忙しく、滅多《めった》に両親が帰ってこない花神家における絶対権力者は妹なのだ。

「その子、壁とかひっかいたりしない？」

「しないぞ。こいつ、壁ひっかくよりビームを吐くほうが得意なんだ」

「あ、いや、ビームは関係なくて」

「かして」

要求に応えて猫を受け渡す。双樹は優しい手つきで猫を胸に抱くと、指でノドをくすぐった。双樹も小動物には弱いのか、やわらかな笑みを浮かべる。

「猫さんに質問です。三味線《しゃみせん》の材料ってなあんだ？」

「なにする気⁉」

「冗談だよ兄さん。でも廊下をトイレにしたり、柱をひっかいたり、ボクの下着を噛《か》んだりしたら冗談じゃなくなるかも。うふふ」

「その笑顔が無闇《むやみ》にこわいんだけど」

「ま、別にいいよ。飼っても」

「え、いいの？」

「いつかこんな日がくるんじゃないかと思ってた。兄さん、捨て犬とか放《ほう》っておけないヒトだから」

「そんなことはないと思うけど」

「どの口が言うのか。リトルだって、ユキさんが引き取ってくれなかったらウチで飼う気だったくせに。拾ってすぐに名前までつけちゃって」

「びーむ？」

「図体《ずうたい》より頭の成長を願えばよかったと後悔はしてる」

捨てられていた白い子犬を拾い、山のように大きくなれとリトルマウンテンの名を与えたのは、何を隠そうこのぼくである。

「飼ってもいいけど、お世話するのは兄さんだからね。粗相《そそう》したら兄さんのお小遣いから差っ引くから」

「了解した。絶対に悪さはさせない」

「あと、食費とかもお小遣いからだから」

「もちろんだ」

猫の食費で悪魔から命を守れるなら安いものだ。むしろ安すぎるくらいだ。

「それとこの子、ボクにもたまに弄《いじ》らせてね？」

「あ、ああ……楽器《がっき》の材料にしないなら」

「そんなことしないってば」

猫をぼくに返して、ジャージの妹は靴《スニーカー》をはく。具合を確かめるようにつま先をトントンと鳴らし、外出の準備を終えた双樹《そうじゅ》が振り返る。

「じゃあボク、夕飯の買い出しにいってくるから」

「いってらっしゃい。荷物が多くなるようなら電話しろよ」

「ありがと。ボクは優しい兄さんが大好きだよ」

「兄さんも双樹が大好きだよ。飯作ってくれるからな」

「そのご飯だけど、夕飯は何がいい？」

「麻婆豆腐《マーボードウフ》。辛口で」

「おっけー」

脈絡《みゃくらく》のない兄の注文を軽快に了承して、妹は買い物に出掛けていった。


ともあれ家族の許可は取り付けた。悪魔がいつ襲ってくるかわからない以上、ぼくの傍《そば》を離れられない天使は飼い猫として花神《はながみ》家で暮らすことになったのだ。

二階の自室で黒猫と鞄《かばん》を床に下ろす。

猫はベッドの上に飛び乗ると、上品な座り方をして、宝石のような瞳でぼくを見る。

ぼくも椅子《いす》を引っ張ってきて座る。背もたれに腕を預ける行儀の悪い座り方だが、猫と視線を合わせるには丁度いい。

「まずは、ちゃんと自己紹介をしようか。ぼくは花神一樹《いつき》。できれば下の名前で呼んでくれ。苗字《みょうじ》だと双樹と混同するし」

「わかりました。では、イッキさまとお呼びします」

「ずっと気になってたんだけど、どうして様付け？」

「わたくしは林檎《イツキさま》をお守りする守護天使。いわば、アナタさまはわたくしの主《あるじ》ですので」

「主従関係を結んだ覚えはないんだけどな。ま、別にいいか。それで君の名前は?」

「わたくしに名前はありません」

「え、名前ないの?」

「天使に個体を表す名称はないのです。わたくしたちには必要のないものですから」

「それでも名前がないと不便だろ。そうだな……ミント、はどうだ?」

「みんと?」

「その猫の目、青と緑の混ざった色をしてるだろ? ミントブルーの目だからミント」

「……かまいませんよ。イツキさまの呼びたいように」

戸惑うような沈黙のあと、天使は名前を受け入れた。

「じゃあミント、これからよろしくな」

「はい。お任せください、イツキさま」

契約の証《あかし》というか、友好の印《しるし》というか、とりあえず握手っぽいものをしてみる。猫の手なのでぼくが一方的に握っただけだけれど。

「初めに、イツキさまに謝罪しなければいけないことがあります」

「謝罪?」

「わたくしは一度、下界に落ちた林檎《りんご》を発見しています。ですが、運搬の際に悪魔に襲われて落としてしまったのです。悪魔の攻撃を受け、林檎は二つに割れてしまいました」

「そういえば片割れとか言ってたな。ぼくが食べたのは元々の半分ってこと？」

黒猫は静かに頷《うなず》く。

「申し訳ありません。この現状はわたくしの不手際が原因なのです。わたくしが、イツキさまを巻き込んでしまいました」

居心地が悪そうに目を逸《そ》らされる。その仕草《しぐさ》が叱《しか》られた子どものように見えて、ぼくは猫の頭をそっと撫《な》でてやった。

「ぼくは気にしないよ。それはミントのせいじゃないし、むしろ、ぼくを悪魔から助けてくれてありがとう」

言いつつ黒猫の鼻先をつついてみる。むず痒《がゆ》いのか、なんとも微妙な顔をされた。

「その身に危険が及んだのですよ？　わたくしを責めないのですか？」

「ぼくはこうして生きてるし、ミントはぼくを守ってくれるんだろ？　なら、君を責める理由はぼくにはないよ。それより今後のことを相談したほうが建設的だ」

「……イツキさまは優しいのですね」

黒猫は目を閉じて、ひとつ頷く。

「わかりました。では、ここからが本題となります」

天使の真剣な口調に、思わずぼくも姿勢を正す。

「わたくしたちの目的は二つに割れた天界の林檎《りんご》を元に戻すことです。そのためにはまず、林檎の片割れを見つけなければいけません」

「当面の課題は林檎探しというわけか」

「天界の林檎をひとつに戻すことが、イッキさまから林檎を取り出す唯一の方法ですからね。片割れを回収しなければイッキさまが悪魔に狙《ねら》われ続けます」

「……それは非常に困るな」

「イッキさまが出掛ける時は、もちろん護衛としてお側《そば》につきます。わたくしが林檎の捜索をする際は、イッキさまにも同行していただくことになります」

「ん、了解」

「それとイッキさまには、イッキさまにしかできないことをしていただきます」

「ぼくにしかできないこと？　なんだ？」

「それは——」

トントンというノックの音が天使の言葉を遮《さえぎ》った。返事をする前にドアが開《ひら》く。

顔を覗《のぞ》かせたのは紺色ジャージの妹。買い物から帰ってきた双樹《そうじゅ》にぼくは抗議する。

「双樹、それだとノックの意味がないって言ってるだろ」

「あ、ごめんなさい。ついクセで。とりあえずただいま」

「おかえり。ずいぶん早かったな。それで、用件は何だ？」

「これ」

放《ほう》られた容器《ボトル》をキャッチする。ラベルには『これでニャンコも超キレイ』という商品名が刻まれている。微妙なネーミングの猫用シャンプーだった。

「それで猫さんを洗ってあげて。家の中で飼うんだから衛生面はちゃんとしなきゃ」

「そうだな。ありがとう双樹」

「ん、どういたしまして」

満足げに頷《うなず》いて双樹は部屋を出ていった。これから夕飯の支度に取りかかるのだろう。

「聞いての通りだ。話の続きはあとにしよう。洗ってやるから風呂場に行くぞ」

「……あの、イッキさま？」

「ん？　どうしたミント」

「わたくしはその……初めてですので……優しくしてくださいね？」

「あ、ああ……まあ、激しくはしないけど」

制服を脱いで短パンを穿《は》き、着替えを準備して猫と共に部屋を出る。本来は二足歩行のはずのミントは器用に猫の体を操《あやつ》っていて、階段もひとりで下りていた。

猫を連れて浴室へ。ぼくは温度を調節してから慎重にお湯を出す。

「あんまり熱いとびっくりするからな。だんだん温度を上げていくから丁度よくなったら言ってくれ。……あ、あと目はつむってろよ」

シャワーで毛を濡《ぬ》らし、猫用シャンプーを使ってミントを洗う。首とノド、背中と腹、足と尻尾《しっぽ》、隅々まで手洗いしていく。しかし、ぼくはなかなか集中できないでいた。

「あっ……んっ、ひゃあん！」

指が体をこするたび、ミントがその身をよじりながら悩ましい悲鳴をあげるからだ。

「ヘンな声をあげるのやめてくれ。猫みたいに鳴いてみろ」

「にゃあうぅん！」

「……余計にだめになったな」

天使の声が幼すぎて、奏《かな》でた鳴き声は禁断の香りがした。

「わっ、おいっ、ブルブルするな！」

「にゃうう……ご、ごめんなさいっ」

「……シャツも脱ぐか」

濡れたミントが暴《あば》れたおかげでぼくもすっかり濡れてしまった。

男が脱いでも誰《だれ》も喜ばないなと心の中で呟《つぶや》きつつ、シャツを脱いで脇《わき》に置く。

視線を戻すと、浴室の鏡の向こう、自分の上半身に青色の模様を発見した。胸の上あたり、ピンポン玉よりも一回り小振りなリンゴの形の模様だった。

「もしかして……これが天界の林檎《りんご》なのか？」

「わたくしには見えませんが」

「え、そうなの？」

「林檎の模様は、天界の林檎を食べた男性の目にしか映らないのです。イツキさまの模様はどこですか？」

「右の胸に。リンゴの形の青い模様だ。昨日、風呂に入った時は気づかなかった」

「林檎が体に馴染《なじ》むにはある程度の時間がかかりますから、その時点では模様はなかったのかもしれませんね」

「けど、ミントに見えないならどうやって林檎を取り戻すんだ？」

「天使は模様を見ることはできませんが、林檎の位置をたどることができます。林檎が既に誰かの中にあるのなら、わたくしにできるのは持ち主の特定まで。模様の場所を探し出すのも、回収するのも、イツキさまにしかできないのです」

「そっか……それがぼくにしかできないことなんだな」

天使は模様が見えないから、かわりにぼくが役割を担う。天使にかわってぼくがなすべき役目。

「模様が青色なのは、まだ熟《じゅく》していないからです。成長すれば黄色に、そして赤に変わっていきます。林檎は赤くならないと回収できません。イツキさまの場合は片割れを取り戻した時点で赤くなるはずです」

「なるほどな。うん。なんか、やるべきことが見えてきた感じだ」

風呂上がりみたいにすっきり爽快《そうかい》な気分である。

「ま、それはそれとしてシャンプーの続きするぞ」

びくんと小動物が震える。

「……ま、まだするのですか？　わたくしはもうじゅうぶん綺麗《きれい》なのですよ？」

「ぼくの妹は潔癖症《けっぺきしょう》だからな。くまなく除菌しないと楽器《がっき》にされかねないぞ」

「ううう……じゃあ、続き……してくださいイツキさま」

「了解した」

ゴールデンウィークを間近に控えた四月下旬の月曜日。

夕刻の花神《はながみ》家浴室にて、天使の甘い悲鳴が長いこと響いていた。

◆◆◆

青い光の気配で眠りから目を覚ました。薄目に光をたどっていくと、行き当たったのはむき出しの窓。透明な硝子《がらす》が月光を招き入れていた。

「……ああ、カーテンを閉め忘れてたんだな」

月明かりに照らされて部屋の中がぼんやりと見渡せる。ベッドと机と本棚と、面白みのない平凡な部屋。いつもと違うのは、今日からこの部屋に住人が増えたくらい。

「そういえば、ミントはどこにいった？」

寝床に座布団を用意してやったのに、そこに黒猫の姿はない。かわりに、自分の腹部のあたりが何だか妙に温かいことに気がついた。

おそるおそる毛布をめくってみると裸の少女がいた。ぼくの腰に抱きついた体勢で安らかな寝息をたてていた。

「……なにこの状況？」

「んあ……イツキ、さま？」

うっすらと目を開《あ》ける十歳ほどの幼い少女。薄闇の中で揺らぐ瞳の青。少女がおずおずと顔をあげ、見覚えのある金髪がベッドの上にこぼれおちていく。

「ミントだったのか……人の姿をしているから驚いたよ」

「すみません。この姿のほうが寝心地がよかったもので」

「というか、その姿にもなれるんだな」

「天使としてのカタチがこの姿ですから」

そう言って、手の甲で目元をこすりながら、ゆっくりと少女が体を起こす。

何ひとつ身にまとっていない素肌が月の光に濡《ぬ》れていく。無防備に開《ひら》かれた両脚を撫《な》で、ぺたりとおとされたお尻《しり》を伝い、滑らかな腹部に至り、慎《つつ》ましやかな胸部までも暴《あば》きたててしまう。華奢《きゃしゃ》な両肩も、細い腕も、うっすらと淡く幼い輪郭《りんかく》も、可憐《かれん》な頬《ほお》も、無垢《むく》な美《び》貌《ぼう》を余すところなく浮き彫りにする。

そして――最後まで月の影に隠されていた部分が、その秘密を打ち明けた。

「ね、猫耳……？」

ミントの小さな頭の上に、猫の耳が生えていた。

ありえない場所に、ありえないモノがくっついている事実。眩《まばゆ》い金髪の上にちょこんと乗った三角形のそれは、ぼくの驚きに答えるようにぴょこんと震えてみせる。

「猫の体を借りていますからね。尻尾《しっぽ》もついていますよ」

ほら、と小振りなお尻《しり》を向けてくる。真っ白な肌に、黒くて長い尻尾がくっついていた。尻尾までついている始末だった。

まるで絵本の中に閉じ込められた気分。夢のような現実がぺたんと座っている。

「その姿だと天使というより猫娘だな。妖怪《ようかい》の」

「……猫天使とでもお呼びください」

「なんで照れながら言うの？」

頬《ほお》を赤らめながら目を逸《そ》らす仕草《しぐさ》は、ちょっと可愛《かわい》いけれど。尻尾も所在《しょざい》なげに揺れていて妙に愛らしい。

「ミント、ちょっと両手をぎゅっと握って、顔の前に持ってきてくれないか」

「こうですか？」

「そうそう。それで猫みたいに鳴いてみ？」

「にゃあう？」

「やば……めちゃくちゃ可愛《かわい》いんだけど」

猫の手を真似《まね》たミントが大きな目をぱちぱちと瞬《しばた》かせ、わずかに首を傾《かし》げながら、鼻にかかった甘い声で鳴くその光景は世界遺産級の愛らしさだった。

この猫耳天使をどうしてくれようかと考えていると、こんこんとノックが鳴る。

思考するより速く、咄嗟《とっさ》に天使を押し倒して毛布をかぶった。

「……兄さん？　起きてるの？」

「あ、ああ……起きてる」

ゆっくりとドアが開《ひら》き、髪を下ろしたパジャマ姿の妹が入室する。暗い室内で双樹《そうじゅ》は眠たげに目元をこすった。ぼくらが騒いでいたせいで起こしてしまったらしい。

「兄さん、なにしてるの？　夜中に騒ぐのはやめてよね」

「起こしてわるかった。ちょっと猫と話をしてただけなんだ」

「彼女がいなくて寂《さび》しいのはわかるけど、猫さんとお喋《しゃべ》りはちょっと、どうかと思う」

「誤解だ。兄さんはそこまで寂しい奴《やつ》じゃない」

「さっさと彼女さん作りなよ。そしたらもう寂しくないよ」

「そんな目で兄さんを見ないでくれ」

眠たげな目から残念なものを見る目になったかと思えば、慈しむような温かい眼差《まなざ》しをくれる妹。純粋な優しさがぼくの心を掘削していく。

「だいたい彼女なんて作ろうと思って作れるものじゃないだろ」

「そうでもないよ。すぐ近くに脈アリな女の子がいるじゃない」

「脈アリな女の子？」

「二つ返事でオーケーしてくれるってこと。嬉《うれ》しすぎて泣いちゃうかもしれないけど」

「意味がわからない。起こしたのはわかったから、もう部屋に戻って寝ろ」

「そうする。眠いし」

双樹がドアを開《あ》け、思い出したようにふり返る。

「ボクでよかったら話し相手になるから、寂しくなったら部屋にきてね。おやすみなさい」

「ああ、おやすみ……ハア。なんとかやり過ごしたな」

双樹が隣の部屋に戻った音を確認して、安堵《あんど》の息をつく。妹が寝惚《ねぼ》けていなかったら危険だっただろう。猫はともかく、人間の姿のミントを見られたら説明のしようがない。

「わるかったな。苦しくなかったか？」

組み敷いていた天使を解放してやる。ミントは先ほどのようにぺたりと座って、湖面のような青い瞳でじっとぼくを見つめてくる。

「……あの、イツキさま？」

「ん、なに？」

「天使は性行為《セックス》できないのですよ？」

「はあ!?」

「お気持ちは嬉《うれ》しいのですが、わたくしはイッキさまを受け入れることはできません」

十歳そこそこの少女の姿で、その幼い声で、とんでもない台詞《せりふ》を口にしたミント。問題発言に対し、お仕置きの意味をこめて天使の額《ひたい》を小突いてやった。

「色々と疲れたからぼくはもう寝る。ミントも、もう寝てくれ」

「あの、イッキさま？」

「今度はなんだ？」

「さむいのです」

「そりゃ、裸でいたら寒いだろうな。ちょっと待ってろ。何か着るもの探してやるから」

クローゼットを開《あ》け、天使の体を隠せる衣服がないか探してみる。

「そもそもなんで裸なんだよ。ワンピースはどうしたんだ」

「あれは魔法でこしらえたものです。衣服をまとうのも力を消費しますから、裸はたいへん効率がいいのです。いわゆる省エネなのですよ？」

「省エネって……」

「ちなみに下着は着けていませんでした」

「危なすぎるっ!!」

幼女《ロリ》で天使《キュート》で無装着《ノーパンツ》――この朗報を知ったら世の紳士《ロリコン》さん達《たち》がこぞって歓喜するだろう。

「問題はありません。天使の姿は普通の人間には見えませんから。天界の林檎《りんご》を食べたイツキさまだからわたくしを視認できたのです」

「じゃあ、押し倒してまで双樹《そうじゅ》から隠す必要なかったのか」

「いえ、今は猫の体を借りているので、普通の人間にも姿は見えてしまいます」

「そっか。なら隠してよかった。……ん、これでいいか」

衣服を吟味して無難なものを見繕《みつくろ》う。寝巻きになるもの――簡素《かんそ》で質素《しっそ》で実用的で、なるべく肌を隠してくれそうな。

「とりあえずこれを着てくれ。裸でいられるよりは数倍いい」

棚から白のワイシャツを取り出し、ベッドへ放《ほう》る。

男用だから小さなミントが着ればあっさり下まで隠してくれるはずだ。さすがにトランクスを貸す勇気はぼくにはない。そもそも規格《サイズ》が違いすぎる。

「これは、どうやって着るのですか?」

服を着るのに慣れてないらしい天使はワイシャツを相手に悪戦苦闘。けっきょくぼくがボタンを留めてやった。

シャツを着たミントは、フルフルとその身を震わせて、くしゅんと可愛《かわい》いくしゃみをした。見上げてくる瞳は心なしか涙目である。

「あう……さむいのです」

「うんまあ、シャツ一枚じゃ寒いだろうな」

四月ももう終わりとはいえ夜はまだ冷える。ぼくだって厚手のパジャマを着ているくらいだし、薄手のシャツ一枚では何の意味もなかった。

「こっちにこいよ。布団かぶったらあったかくなるから」

素直に頷《うなず》くミント。ベッドに並んで横になると、猫みたいに天使が身を寄せてきた。先ほどそうしていたように、ぎゅっとぼくの腰に抱きついてくる。

「あふ。あったかいです」

「……天使って、みんなこんなに甘えたがりなのかな」

猫耳のついた頭を撫《な》でてやる。女の子とふれあっているというよりも、ペットを愛《め》でているといった印象。毛布のようなやわらかな時間がゆっくりと過ぎていく。

「――イツキさま?」

テレパシーじゃない、少女の唇《くちびる》が紡《つむ》ぐ天使の声。まどろみを含んだ、とろけた音色でミントがぼくの名前を呼ぶ。

「イツキさまには、お付き合いのある女性はいらっしゃるのでしょうか?」

「いないけど?」

「密《ひそ》かに想《おも》いをよせているお相手は？」

「いないよ」

「そうですか。……よかったです」

「どういうこと？」

「たとえば心から愛している異性がいたとして、その感情が、相手を想う心が、突然なくなってしまったら困るでしょう？」

「それは……ああ、困るだろうな」

好きな相手を想う気持ちが消失する――それはきっと、とても残酷な仕打ちなのだと思う。想う者にとっても、想われる者にとっても。

「だから、よかったです。イッキさまが恋をしていなくて」

透明な声に心がざわめいた。胸の内に生まれ落ち、ざわざわと背筋を這《は》っていく不安に鼓動《こどう》が加速していく。

「だって――」

優しくて頼もしかった天使の声が、ひどく冷たく鳴り響く。

「天界の林檎《りんご》を食べた男性は、その果実に〝恋愛感情〟を食べられてしまうのですから」

第二章 ✣ 約束

ペットはもちろん禁止だけれど、天使の持ち込みを制限する校則はない。たとえ天使を規制する記述《ルール》があったとしても選択は変わらない。校則よりも守らなくてはいけないものがぼくにはある。たとえば——自分の命とか。天界の林檎《りんご》を食べたことが原因で悪魔に狙《ねら》われているぼくは、自身の安全を確保するために天使を学校に連れていくことにした。

「悪魔に狙われているぼくは、天使と離れるわけにはいかないんだよな」

「イツキさまが食べられてしまいますからね」

その天使——ミントと名付けた黒猫はぼくの足元で前足を舐《な》めている。

見た目は黒猫、中身は天使で、本来の姿は十歳くらいの金髪少女。怪物をビームで追い払う頼もしい騎士様だ。

「だけど、ほんとにミントを連れてっても大丈夫なのか？」

「問題ありません。第三者がわたくしの存在を認識できないよう情報を操作することが可能ですので。意識と記憶の両方に処理を施《ほどこ》しますから、猫が堂々と校舎を歩いていても誰《だれ》も疑問を抱きません」

「天使ってのは、なんでもできるんだな」

「そんなことはないのです。わたくしの行動は規則によってかなり制限されていますし、こうして猫の体を借りなければ力を使うことさえできないのですから」

「そっか、この世界の器がないと魔法を使うのもむずかしいんだっけ」

ミントは余計な力の消費を抑えるために黒猫の体を借りている。彼女がこの世界にきたのは天界から落ちた林檎を回収するためで、その目的を果たすまで体を使わせてもらえるよう猫と交渉した。世にも奇妙な『猫と天使の賃貸契約』である。

「ところで、イツキさまは何をなさっているのですか？　こんな場所で立ち止まって」

「ああ、雪姫《ゆきひめ》と待ち合わせしてるんだ。雪姫はぼくの幼馴染《おさななじみ》」

ここはぼくが天使と出逢《であ》った公園に程近い交差点。それほど車の通りが多くない十字路の一角。幅の狭い歩道から信号の赤をぼんやりと眺めていると、再び頭の中に声が届く。

「ユキヒメとは、どんな方なのですか？」

「ん？　控えめで大人しくて口数が少ない女の子」

「ふむ、つまり静かな女性なのですね」

天使の言葉は実に的を射《い》ている。雪姫は静かな女の子だ。仕草《しぐさ》も口調も雰囲気も、すべてがしとやかな女の子。ただ、自己主張が少ないのが心配の種でもある。

「あのさ、今のぼくに恋愛感情がないって本当なのか？」

昨夜、ワイシャツを着た天使が眠りに就《つ》く前に口にしたこと。天使が語った説明の中で、ひときわ異彩《いさい》を放っていた一文。林檎《りんご》がぼくの感情を食べてしまったという話。

「本当です。イツキさまが天界の林檎を食べた時、林檎に奪われてしまったはずです」

「恋愛感情がないって、けっこう重大なことじゃないのか。すくなくとも林檎をどうにかするまでは、ぼくは恋ができないってことになる」

ぼくにも恋愛に対して人並みの憧《あこが》れがある。今すぐ異性とどうこうなりたいとか、そこまで強い願望ではないものの、彼氏彼女という未知の関係に淡い期待を抱いてはいた。

「でも、いまいち実感がわかないんだ。林檎に恋愛感情を食べられたって言われても、そもそもぼくは――」

ぼくは、恋がどういうものなのか知らないのだから。

だから足りないはずの欠片《かけら》を思い描けない。恋愛感情の喪失《そうしつ》を実感できない。一度も遊ばなかった玩具《おもちゃ》をなくしても、なくしたことに子どもが気づかないのとおなじ理屈。

持っていたはずなのに、確かめたことがなかったのだ。

「けど、林檎の片割れを取り戻すことができたら、その時には返してくれるんだろう？」

「はい。林檎をひとつに戻せたなら、食べられてしまった感情も取り戻すことができます」

「なら問題ない。なにも永遠に失《な》くすわけじゃないんだから」

だからぼくは、それ以上を天使に訊《き》かなかった。

天界の林檎が感情を奪う理由を、消失の意味を、問いかけることをしなかった。天界の果実がもたらした理不尽に何の疑問も抱かず、いとも簡単に受け入れたのだ。

「……ん？」

不意に、ぼくの影に、誰《だれ》かの影が重《かさ》なった。振り向くことができなかったのは、影のみならず、実体さえ押し付けてきた誰かがその両手でぼくの視線を遮断したからだ。

「だぁれだ？」

視界を奪われたぼくの耳元に、女の子の、春の日溜《ひだ》まりのような声が、あまりにもベタな台詞《せりふ》を吹きかけた。

「え、ちょ、誰⁉　何者⁉」

動揺が混乱に進化する。視界を奪われたことよりも、耳慣れない異性の声が原因で。

そんな男の子の戸惑いを知ってか知らずか、背後の〝彼女〟は楽しそうにのどを鳴らし、鼻にかかった吐息がぼくの首筋を撫《な》でる。

「わからない？　でも、イッキ君が正解するまで放してあげません」

楽しげに弾む口調《ニュアンス》。その中に、覚えのある音が混じっていた。ぼくの名前をなぞった瞬間の音色、その抑揚《イントネーション》が、ぼくに一人の女の子を連想させた。

「まさか……雪姫《ゆきひめ》なのか？」

おそるおそる訊いてみる。言葉に自信が持てないのは〝彼女〟から感じる違和感のせい。

手の小ささとか、背中に伝わる低めの体温とか、控えめな胸のやわらかさは間違いなく幼馴染《おさななじみ》のものなのに——彼女の奏《かな》でた音《こえ》が覚えのない華やかさをまとっていたから。

ぼくの回答に、背後でくすりと笑った気配がして、同時に視界が開《ひら》けた。

暗闇《くらやみ》から反転。痛いほどに溢《あふ》れた光の中。

そこにぼくの知る幼馴染の姿はなくて、ぼくの知らない雪姫《ゆきひめ》が立っていた。

変化は口調と雰囲気と、なにより、あらわになったふたつの瞳。

高校の制服《ブレザー》をまとった華奢《きやしや》で小柄な体躯《たいく》。雪の結晶をあしらった髪留めを用いて、前髪を留めた雪姫が、見たこともない笑顔を花開かせてそこにいた。

「正解です。白木《しらき》雪姫でした。おはよう、イツキ君！」

雪姫特有の、どこか雪を想《おも》わせる声は春の日溜《ひだ》まりのような温度を含み、透明だった表情はやわらかな色を滲《にじ》ませている。

「……お、おはよう？」

戸惑いも疑問もそっちのけでぼくはアイサツを優先した。語尾に添付された疑問符は隠せていない動揺と混乱の証《あかし》。

「雪姫、何かいいことでもあったのか？」

「え、どうして？」

「いや、何かいつもと雰囲気が違うから」

「そうかな。そんなことないと思うけど」

雪姫は首を傾《かし》げ、焼きたてのケーキのようなふわふわした声で言う。

自分自身の変化に、どうやら本人の自覚はないらしい。意図的に誤魔化《ごまか》しているという可能性もあるものの、雪姫がそんなに器用じゃないことはよく知っている。

「……じー」

雪姫が大きな瞳でぼくを見る。じー、と擬音を口にしながらぼくを見る。むき出しの表情で、そんなふうに見つめられたことがなかったから落ち着かない。

「イツキ君は今日もかっこいいね」

「はあ⁉」

ぼくは思わず雪姫の額《ひたい》に手をあてた。熱はなかった。むしろぼくより低いくらいだ。大粒の目が不思議そうにぼくを映していて、雪姫はふわりとわらう。

「どうしたの？　あわてちゃって、おかしなイツキ君」

くすくすと楽しそうにのどを鳴らす。あまりに鮮やかな感情表現。ストレートで無防備な仕草《しぐさ》。弾けるような笑顔が眩《まぶ》しすぎて、慌てて額から手を離した。

「あの、イツキさま？　この方はどなたですか？」

「……雪姫。ぼくの幼馴染」

返事は小声で短く簡潔に。ぼくの足を肉球で叩《たた》きながら〝彼女〟の正体を尋ねてきたミントは「はて？」と首を傾《かし》げる。

「お話とだいぶ違う気がするのですが。ユキヒメは控えめで大人しくて、口数の少ない女性なのですよね？」

「そのはずだ。ぼくの記憶に損傷がなければ」

けれど、目の前の女の子にはその片鱗《へんりん》すら探せない。変わらないのは容姿だけで、中身が入れ替わってしまったようだ。

昨日、ここで別れた雪姫《ゆきひめ》。

今日、ここで会った雪姫。

日付を隔《へだ》ててまるでコインの裏表。幼馴染《おさななじみ》を彩《いろど》るカラーの違いが、鮮烈な違和感をぼくの胸に突き立てる。

「早くいこ？　遅刻しちゃうよ？」

「あ、ああ……」

自然な動作でぼくの手を取り、そのまま歩き出す快活なお姫様。状況を整理しきれないぼくはされるがまま、手を引かれるままに、彼女に合わせてアスファルトを踏みしめる。

「……ほんとに雪姫には見えてないんだな」

後ろをとことこついてくる猫に雪姫が気づく様子はない。天使の情報操作とやらは問題なく効力を発揮しているらしい。

「イツキさま、彼女から林檎《りんご》の匂いがします」

「匂い？」

「天界の林檎の匂いです。彼女が、林檎《イツキさま》の片割れです」

ぼくにしか見えない黒猫が、ぼくにしか聞こえない声で重大な秘密を告げる。半分に割れた天界の林檎。願いを叶《かな》える果実の、その片割れの在処《ありか》を。

ぼくはようやく理解する。雪姫が急に明るくなった原因を。雪のようだった女の子をとかして、日溜《ひだ》まりのような女の子に変身させた魔法の正体を。

「あ、そうだイツキ君」

ぼくの手を引いていた幼馴染が振り返り、つられてスカートがふわりと舞う。

「昨日言ってたよね？　おいしいリンゴを食べたって」

揺れる黒髪が撫《な》でる表情に昨日と違う笑顔を宿した女の子が、前髪に隠されていない瞳を輝かせた雪姫が、ココアを想《おも》わせる甘い声でぼくの耳をくすぐった。

「私も食べたの。とってもおいしいリンゴ！」

◇◇◇

昼休み。ぼくは黒猫を連れて屋上にいた。

いつもは生徒で賑《にぎ》わう憩いの場は、天使の魔法によって人払いがされている。ミントに頼んでセッティングしてもらった貸切状態。猫をお供に、ぼくは弁当を広げていた。

「それで、片割れが雪姫《ゆきひめ》なのは間違いないのか？」

「ないかと。たしかに林檎《りんご》の匂いがしましたから」

「匂いって……そういやぼくの匂いも嗅《か》いでたな」

溜息《ためいき》にも似た呟《つぶや》きと、快晴とは程遠い心の空模様。頭上はどこまでも青一色なのに気持ちはちっとも浮かばれない。

林檎の片割れは雪姫だった。その事実が胸を締め付けて、苦しかった。

「雪姫は、あんなに喋《しゃべ》る子じゃなかった。自分からは話し出せなくて、言葉が巧《うま》く口から出ないような子だったのに」

雪姫が林檎を食べていたのは驚いた。けれど、それ以上に彼女の変化が気になった。

前髪を留めたことで、唇《くちびる》から読み取るしかなかった表情が一目でわかるし、その表情も温かな色を含んでやわらかくなった。

「林檎の影響でしょうね。天界の林檎は宿主《やどぬし》の少女に、少なからず変化を与えますから。彼女の場合は内面《こころ》に変化があったのでしょう」

「前髪を留めていたのもそのせいか」

妹が作ってくれた弁当を食べながら、食べられそうなものを猫に与えながら、一人と一匹は現状の確認を進めていく。

「ともかく林檎のありかは判明しました。彼女の体にも模様が現れるはずです。天使に模様は視《み》えないので、イツキさまに探していただきます」

「え、ちょっと待て。それは、ぼくに女子の体を探れと言ってるのか？」

「そうなります」

「即答されても困ります。そもそも、模様って絶対に見つけ出さないと駄目なの？」

「林檎の色が判別できませんし、見えていないと収穫もできませんから」

「それもそうか。……あれ、ところで林檎ってどうやって取り出すんだ？」

今更ながら初歩的な質問をしてみる。黒猫はぼくを見上げて、こともなげに言い放つ。

「キスをするのです」

「……は？」

「食事を司《つかさど》る器官での接触が収穫の条件ですから。赤く熟《じゆく》した模様に、片割れであるイツキさまがキスを施《ほどこ》すことで林檎の収穫は完了します」

「それって……ぼくは幼馴染《おさななじみ》の肌にキスしないといけないってこと？」

「ええ。必要なことですから。イツキさまが彼女の林檎を食べることで、おふたりの果実はひとつになるのです」

「……もしもの話だけど、雪姫の林檎がぼくと同じ場所にあったらどうするんだ？」

「彼女の胸部にキスしていただきます」

「変態じゃん⁉」

「え、何か問題があるのですか？」

「恋人でもない女子の胸にキスするとかありえないから」

その辺の機微《きび》がミントには伝わらないようだった。薄々感じてはいたが、天使には人間の感性が理解できていないらしい。

「そうでしたか。でしたら舌で舐《な》めていただいてもかまいません」

「それ、むしろキスより難易度が高いからな」

「え、胸部を舐めるのもダメなのですか？」

「恋人でもない女子の胸を舐めまわすとかありえないから」

「舐めまわせとまでは言ってませんが」

「なんにせよ、この話はいったん置いておこう」

雪姫《ゆきひめ》の模様が胸部にあると決まったわけじゃない。これ以上の議論は不毛である。

「体のどこかにある模様を探し出す、か。とりあえず顔や手にはなかったな」

「まだ模様が現れていない可能性もありますね。林檎《りんご》を食べてから遅くとも二十四時間以内には浮き出るはずですから、本格的な捜索は明日からにしましょう」

「できれば簡単な場所であることを願うよ」

胸に舌を這《は》わせるのは、ぼくには難易度が高すぎる。そんなことをしたら大人しい雪姫だって怒るだろうし、頭を撫《な》でるくらいで許してくれるとも思えない。

「そういえば、悪魔はあれから一度もやってこないな」

「天使の守護がついていますからね。悪魔も簡単には攻めてこられないはずです」

「天使って、悪魔にはこわがられてるんだな」

「悪魔を甘くみてはいけませんよ。油断は禁物です。下界に降りた天使の中に、音信不通となっている個体もあるのです。悪魔に襲われた可能性があります」

「天使ってミントだけじゃないのか？」

「林檎の捜索隊として派遣されたのはわたくしを含めて七体です」

「七人の小人ならぬ、七人の天使か……あれ？」

何か、思考に引っ掛かりを覚えた。

「雪姫が林檎を食べたなら、あいつも悪魔に狙《ねら》われるんじゃないのか？」

「彼女が襲われる心配はありませんよ」

「どうして言い切れる？」

「男性に食べられた林檎と違い、少女に食べられた林檎は悪魔にとっての毒性を帯《お》びるのです。ですからユキヒメは安全です。さすがの悪魔も毒を食べようとはしませんから」

「そっか……安全ならいいんだ」

鮭《さけ》の塩焼きを半分渡すと、ミントはぺろりとたいらげて、前足で口を拭《ふ》く。そして、ぴくりと黒猫の耳が震えたかと思うと、ミントは素早く体を起こした。

「お下がりくださいイツキさま！　悪魔です！」

突然の緊急事態にぼくもミントにならって身構える。

天使の警告通り、何もなかった空間に徐々《じょじょ》に影が浮かび上がっていく。

「あのシルエット……昨日のとは別の悪魔か？」

「そのようです。どうやら、こちらは安全ではないようですね」

不穏な空気にとけていくミントの声。その余韻が消え、現れる悪魔の全貌《ぜんぼう》。

「くまの、ヌイグルミ……？」

疑問符が付いたのは、通常のそれとは桁《けた》違いに巨大だったからだ。ぼくの三倍くらいはありそうな巨体を持つヌイグルミ型の悪魔。ヌイグルミといっても継ぎ目のようなものはなく、全身が白色で、つぶらな瞳だけが赤。形が若干ブサイクなのでわかりづらいが、耳がまるいからたぶんクマなのだろう。シロクマくん、である。

「やたら緊張感のないデザインだけど、アレは本当に悪魔なのか？」

「見た目に惑わされてはいけないのですよ？　己の姿を変える魔法は悪魔の得意分野なのです。力の弱い悪魔が好む魔法なのですが、緊張感のない姿を利用して、わたくしたちを油断させようとしているのかもしれません」

「自分の姿を偽る魔法とか、いかにも悪魔っぽいな」

「どちらにせよ、イツキさまを悪魔の手にはわたしません」

力強く宣言する漆黒の騎士。

「警告します。逃げるなら今のうちです。天使は悪魔に容赦《ようしゃ》しないのですよ？」

ぼくの前に出た黒猫が巨大なクマを相手に静かに威嚇《いかく》する。

しかしヌイグルミは答えない。喋《しゃべ》ることができないのか、そもそも言葉が通用しないのか、シロクマくんは無言のまま大きな足を踏み出した。

当然、天使はそれを敵対行動と見なす。

「仕方ありませんね。——状況を警告から迎撃に移行します」

次の瞬間、猫の口から放たれる閃光《せんこう》。収束された光の線は一瞬で敵の体に到達し、ヌイグルミの額《ひたい》を貫《つらぬ》いた。

悪魔の体は針で刺された風船のように弾けて、その破片もすぐに消えてしまった。

「よわっ⁉」

あまりにあっけない結末。登場から撃沈までの短すぎる一部始終は、そのファンシーな見た目よりよほど斬新《ざんしん》だった。というか、シロクマくんは何がしたかったのだろう。

「大きいわりに、たいしたことない奴《やつ》だったな」

「そうですね。最初にイツキさまを襲った悪魔のほうが厄介でした」

「でも、なんかあのヌイグルミ、どこか寂《さび》しそうな顔をしてたな」

不細工な造型のせいで最初はわからなかった、哀《かな》しげに結ばれた口元。

かまってほしくて、遊んでほしくて、でもそれを言葉にはできなくて——そんな幼い子どものような表情が、少しだけ気になった。

「ともかく助かったよ。守ってくれて、ありがとう」

指の腹で、猫のノドを撫《な》でてやる。そこは猫がいちばん気持ちよくなる弱　点《ウイークポイント》。

ぼくにしか聞こえない天使の魔法で、黒猫が甘い鳴き声をあげた。

屋上をあとにしたぼくは廊下の途中で足を止めた。

別のクラスの教室に、珍しい光景を見たからだ。

昼休みの喧騒《けんそう》の中、世界から切り離されたように。

温かな光の差し込む窓際の席で、雪姫《ゆきひめ》が眠っていた。

◇◇◇

「……いったいどうしてこうなった?」

放課後。雪姫を家まで送り届けたぼくが見たのは、変わり果てた白犬の姿だった。

大人の人間を凌駕《りようが》するどっしりとした体。もふもふな白の毛並み。

ぴっと姿勢よくおすわりで待機し、ゆったりと上品に尻尾《しっぽ》を振りながら主人を出迎える様はまさに犬の鑑《かがみ》と称するに相応《ふさわ》しい。

だというのに、いや、だからこそぼくは疑問を抱かずにはいられない。

「あのリトルがおすわりで主人の出迎えとか、驚きを通り越して気味がわるいな」

なにせ主人である雪姫の帰宅を、その無駄に立派な尻《しり》でもって出迎えるような犬だったのだ。不自然なほどに殊勝《しゅしょう》な態度には、何か途方《とほう》もない裏があるとしか思えない。

「犬がおすわりするのは普通のことなんだけどね」

隣に立つ雪姫はリトルを撫《な》でながら困ったように笑う。

そんな彼女に聞こえないように、ぼくは小声で天使に声をかける。

「ミントも、犬に興味があったら下りてきたらどうだ」

「けっこうです。間違って押し潰《つぶ》されたら大変ですから」

耳を通して届く音ではなく、頭に直接送られてくる声によって成立する会話。

護衛のため、ぼくの傍《そば》から離れられない天使がどこにいるかといえば、白木《しらき》家の塀の上だった。猫の姿で器用にお尻を落ち着けている。

その時、ぼくの腹が小さく鳴った。空腹のサインが耳に届いたらしく、しゃがみこんで愛犬と戯れていた雪姫が無邪気な瞳を向けてくる。

「イッキ君、育ち盛り？」

「そうかもな」

すると、何を思ったのかおもむろにリトルが腰を上げた。犬小屋に巨体を押し込むと、何かを口にくわえて戻ってくる。そしてくわえていたそれをぼくの足元に置いた。

カルシウムが豊富そうな立派な骨だった。

「おいこら貴様……これはいったい何のつもりだ？」

「お腹《なか》が空《す》いてるならこれどうぞ、ってことじゃない？」

「いや、唾液《だえき》とか付いてるし。それ以前に骨とか食べられないし」

ぼくが難色を示すと、リトルが今度は雪姫《ゆきひめ》を仰いだ。挙動がやけに人間くさくて「御主人、彼にドッグフードを」とでも言っているようだった。そんなペットの視線に気づいたのか、それとも単なる思いつきなのか雪姫がはしゃいだ声をあげる。

「イッキ君、なにか食べてく？」

「いや、双樹《そうじゅ》が夕飯を作ってくれるから」

「あ、そっか。ソウちゃん、ご飯には厳しいものね」

花神《はながみ》家において外食は基本的にタブー。友人と外食するといった例外をのぞき、兄の食生活は妹によって管理されている。

「でも双樹、今日は学校の用事で遅くなるとか言ってたっけ」

「ソウちゃん遅くなるの？」

「ああ、なんか委員会の仕事があるんだって」

「ふうん？　そっか。ソウちゃん、遅くなるんだ……」

何かを考えるように唇《くちびる》を結んだ雪姫が、せがむような目でぼくを見る。

「あ、あのですね！　イツキ君！」

「お、おお？　どうした雪姫？」

「え、えっとね、あのね、私ね、イツキ君と……じゃなくて、イツキ君が……でもなくて、イツキ君も……？　あ、あれ？　あの、その、あぅ……」

放たれた言の葉は支離滅裂《しりめつれつ》な羅列となって、最後には萎《しぼ》んでしまう。せっかく膨《ふく》らませたシャボン玉が飛ばずに萎《しお》れてしまったよう。新しい自転車の操縦《そうじゅう》に戸惑うように、林檎《りんご》の魔法で多くなった口数が絡まって空回っている。そんな印象を抱いた。

口元に手をあて、可哀相《かわいそう》なくらいオロオロする雪姫。そんな彼女に寄り添う影があった。

「くうーん」

リトルである。白犬は主人を励ますように頭を雪姫の体に押し付け、鼻先で雪姫の背中を押した。——頑張れ、と応援するように。

雪姫は驚いてリトルを見て、ふっと優しく微笑《ほほえ》む。

「あのね、イツキ君のお家にいってもいい？」

ぼくに向き直った雪姫《ゆきひめ》が口にしたのは、そんな他愛《たあい》のないひとつの要求。

もちろん、ぼくに断る理由はない。

「いいよ。じゃあ、いこうか」

ぼくが了承して、雪姫が嬉《うれ》しそうにわらって、そんなぼくらを見ていた白犬が、どこか満足げに「わふん」と鳴いた。


花神《はながみ》家は白木《しらき》家から歩いて十分もかからない距離にある。

雪姫を連れて待ち合わせ場所である交差点まで戻り、天使と出会った公園の横を通ってぼくらは帰宅した。玄関に双樹《そうじゅ》の靴はなく、そのまま制服姿の幼馴染《おさななじみ》を居間に通す。

「雪姫は麦茶でいいよな？　用意するから猫と遊んでてくれ」

「ねこ？」

「昨日から黒猫を飼うことになったんだ。ほら、雪姫の足元にいる」

「え？　わぁ……綺麗《きれい》な猫」

目を輝かせた雪姫が溜息《ためいき》混じりに言う。天使が魔法を解いたことで、初めて目に映った黒猫を彼女は優しく抱き上げた。

「この子、お名前は？」

「ミントだよ。ミントブルーの目をしてるだろ」

「ほんとだ。素敵な瞳」

麦茶を二人分と猫には水を用意して、ぼくはいつものように雪姫の隣に座る。

それから少しの時間、ぼくらは他愛《たあい》のない話をした。学校のこと。雪姫の両親のこと。リトルのこと。双樹のこと。それから、猫のこと。天使の存在を巧妙《こうみょう》に隠しつつ猫を飼うに至った経緯を説明したら「なんだか漫画みたい」と言って雪姫がわらった。

「ね、イツキ君のお部屋にいっていい?」

「ん、別にいいけど」

使ったコップと皿を片付けて、猫を抱いた雪姫を連れて自室へ。夕暮れ色に染まった窓を開《あ》け放つと、ほのかに花の香りを含んだ風が部屋の中で膨《ふく》らんだ。

「とりあえず適当に座ってくれ」

「うん。じゃあ、失礼します。それと——ごめんなさい」

「え?」

細い両腕がぼくの肩に置かれ、そのまま首に抱きつくようにして雪姫が体重をぶつけてきた。たったそれだけの衝撃にぼくの重心は崩れ、ふわりとした浮遊感《ふゆうかん》に包まれる。

「……っ!」

反射的に目を閉じた直後、耳の奥でキンと短く音が鳴った。音は水面に雫《しずく》を垂らしたように広がり、反響しながら次第に小さくなっていく。金属どうしをぶつけたような硬質な音を聴きながら——ぼくは雪姫《ゆきひめ》に押し倒される形でベッドに着地した。

体重を乗せた行為も、吹けば飛ぶような彼女の重さではたいした威力はなくて、なのにあっさりとベッドに押し倒されたのは、それが思いもしないような不意打ちだったから。

「——イツキ君？」

暗闇《くらやみ》の中、はらりと舞い降りた声。

低めの体温に額《ひたい》を撫《な》でられ目を開けると幼馴染《おさななじみ》の素顔があった。興奮からかわずかに上気した頬《ほお》。薄く開《ひら》かれた唇《くちびる》。こげ茶色の瞳はじっとこちらを見つめている。

腹部には温かな重みがあって、背中はベッドに押し付けられていて、要約すると雪姫がぼくに跨《また》がっていた。お腹《なか》にかかるやわらかな熱は、それはだから彼女のお尻《しり》だ。

「いきなり何をするんだ」

「イツキ君を押し倒してみた」

「それはわかる」

「イツキ君は押し倒されてしまったの」

「それもわかる」

「痛かった？」

「いいや」

痛くないし苦しくもない。抱きつかれた直後に耳鳴りがしただけで、体に不具合はない模様。ただ、幼馴染がらしくない行動を起こした理由が掴《つか》めなくて動揺してる。林檎《りんご》が変えてしまった雪姫に、ぼくを戸惑わせてばかり。

「ごめんね。でも、もうすこしだけ我慢して？」

甘えるような声を出して悪戯《イタズラ》っぽく微笑《ほほえ》む。

雪姫は華奢《きゃしゃ》だ。無理やりどかそうと思えば容易に彼女を押しのけられる。それをしなかったのは、普段とは違う熱をまとった彼女が、決意を秘めた目でぼくを見つめていたから。その瞳の放つ強い意志に、意識を囚《とら》われてしまったからだ。

やがて、ゆっくりと彼女が口を開《ひら》く。

「わたしは昔から口下手《くちべた》だった。話そうとしても巧《うま》く言葉が出てこなくて、自分を伝えるのに時間がかかる」

知っている。ぼくがいちばん彼女の傍《そば》にいたから。誰《だれ》もが〝あの子は話さないから〟と雪姫から距離を取った。この子が話せない理由が、この子にあると決めつけて。

向かい合って、耳を傾けてやれば、綺麗《きれい》な声を聞かせてくれるのに。

「でもね、イッキ君は私を急《せ》かさなかった。私にはそれが、すごく、うれしかったの」

ぼくは彼女から目を離せなかった。その瞬間の笑顔が、あまりにも綺麗で。

「私の言葉を辛抱強く待ってくれた。私の話をちゃんと聞いてくれた。そんな人はイッキ君だけだった。だから」

ぼくの胸に置かれる小さな手。雪姫《ゆきひめ》は素顔を、ゆっくりと近づけてくる。吐息が重《かさ》なる距離。頬《ほお》が淡く色づいていて、瞳は微《かす》かに潤《うる》んでいた。

「だから、イツキ君にありがとう」

素直な感謝は、

「私ね、イツキ君が好き」

素直な感情に添えて差し出された。

「好き。大好き。世界でいちばん好き」

雪姫から溢《あふ》れた感情がとけだして、こんこんと言葉が降り積もっていく。あたたかな想《おも》いの結晶。それは生まれて初めてもらった愛の告白だった。

「あなただけはちゃんと私を見てくれた。これからも見てほしい。私を見てほしい。ずっと、ずっとずっと。お願い。お願いだから——」

ぎゅっと、胸に置かれた手が握られる。

「私だけを見て？」

それは鮮明で鮮烈な意思表示。強くて真《ま》っ直《す》ぐな気持ち。赤かった彼女の頬が、もっと真っ赤に染まっている。

幼馴染《おさななじみ》の異性。家族以外で、いちばん時間を共有してきた女の子。

雪姫がどんな子か知っているから、この告白がどんな意味を奏《かな》でるか、どれほどの勇気を注いで決行したのかわかってしまう。

「でも、ぼくは……」

ぼくは心に問いかける。花神一樹《はながみいっき》は白木《しらき》雪姫をどう思っているのか。彼女と過ごした時間を再生し、彼女に対する感情を検索し、己の深層まで必死になって潜っていく。

けれど、どんなに深く潜っても解答は見つからなかった。

ぼくの心は空白だった。ピースを一枚だけ抜かれたパズル。花神一樹を構成するはずの絵柄が未完成のまま浮いている。ひとつの感情がはめ込まれていたはずの空白は、なみなみと真っ黒な闇が注がれていて、覗《のぞ》きこむぼくの顔さえ映さない。

雪姫のことを考えようとしても感情の確認は濃い霧に阻まれて叶《かな》わない。

これが——恋愛感情を失うということ。

「……ぼくは愚か者だ」

こんな結末を迎えるまで気づかなかった。恋愛感情を失《な》くすことの意味を、喪失《そうしつ》がもたらす影響を、何ひとつ理解できていなかった。

喪失を実感し、手遅れになったあとで、ようやく事態の深刻さを思い知ったのだ。

「イツキ、君……？」

雪姫の肩に手をかけて体を起こす。ぼくとは違う小さな体。引き離すのは簡単だった。

ベッドに座り込んだままの雪姫《ゆきひめ》は泣きそうな顔をしていた。

泣きそうな顔で、ベッドから下りるぼくを見上げていた。

「ごめん……いまは、答えられないんだ」

だってぼくは恋愛感情を消失してる。林檎《りんご》に食べられて、心の欠片《かけら》を奪われて、愛情の在処《ありか》を見失っている。雪姫のことは好きだ。けれど、この感情が恋愛に繋《つな》がる気持ちなのかわからない。だから受け入れることも、拒絶することもできなかった。

「でも——絶対に返事をするから。ちゃんと答えるから」

絶対に雪姫から片割れを取り出してみせる。彼女が差し出してくれた本気の想《おも》いに、ぼくも本気で答えるために。

「だから、もうすこしだけ、ぼくに時間をくれないか？」

砕けた林檎を復元して、奪われた感情を取り戻すその時まで。

彼女は困ったように微笑《わら》って、それからコクンと頷《うなず》いた。

雪姫は滅多《めった》に泣いたりしない。儚《はかな》げな外見とは裏腹に芯は強い女の子だ。

だからこそ雪姫の頬《ほお》を伝った涙が、ぼくがどれほど彼女を傷付けたのかを、この胸に刻み付けてくれた。

「兄さん、なにかあったの？　ぼんやりしちゃって、ちょっと気持ちわるいよ？」

「気持ちわるいって……兄さん傷つくぞ」

「傷ついてもいいけど、グラタン冷めちゃうってば。冷めたら美味《おい》しくないから」

「そうだな。わるい。せっかく作ってくれたんだもんな」

美味しいうちに食べてほしいと思うのは当然だ。チーズとクリームソースをからめたマカロニを口に運ぶ。熱さと相まって濃厚な風味が味覚を刺激する。

「美味《うま》いよ」

「ふふん、そうだろー」

赤いジャージを着た双樹《そうじゅ》は、満足そうに笑うと自分の食事を再開する。

猫はといえばテーブルの下で皿に盛られたグラタンと睨《にら》めっこ。猫の舌には熱すぎるらしく、冷めるのをじっと待っている。

普段よりすこしだけ遅い夕食。妹が帰ってきたのは夕陽《ゆうひ》が沈む直前《まえ》で、ぼくが雪姫を家に送り届けた直後《あと》だった。帰り道で買い物をすませたらしく、制服からジャージへ着替えてエプロンをつけた双樹はあっという間にご飯を作ってしまった。

「実はついさっき、雪姫に告白されたんだ」

かちゃーんとテーブルに落ちるフォーク。

額《ひたい》がぶつかりそうな勢いで妹がずいっと顔を近づけてくる。

「うそ、ほんとに⁉　あのユキさんに⁉」

「やっぱり驚くよな。雪姫《ゆきひめ》がぼくのこと好きだなんて」

「いや、それは知ってた」

「知ってたの⁉　兄さんびっくりなんだけど」

「むしろ気づいてなかった兄さんにびっくりだよ」

落としたフォークを拾い、ティッシュで磨きながら呆《あき》れたように双樹《そうじゅ》は肩を竦《すく》める。

「ユキさん、あんなに好きって表現してたじゃん。ほんとに気づいてなかったの？　てっきりわざと焦《じ》らしてるのかと思ってた。そういうプレイなのかなって」

「……双樹は兄さんを何だと思ってるの」

「兄さんの趣味ってけっこう特殊だし」

「おまえは兄さんの何を知っている⁉」

「裸にニーソがツボだということは知ってる」

「な、なにぃ⁉」

「下着を抜き取った女の子がシャツの裾《すそ》で大事なとこをぎゅっと押さえて隠してるのが好きなんだよね？　なおかつ、ニーソとシャツの間から覗《のぞ》く太ももがストライクゾーンなのも知ってる」

「なぜそれを⁉」

「『いけないニーソの放課後』」

「ぐっふあうんっ!!」

妹がぼそりとこぼした単語がぼくの鳩尾《みぞおち》に直撃《クリーンヒット》。身に覚えがありすぎて困るフレーズに血の気が引いていく。

「あの……双樹さん？　いったいどこでそれを？」

「ちょっと前に部屋のテーブルの上に開《ひら》いたまま放置してあった。見るなとは言わないけど、そういうのはちゃんと隠してほしい」

「オウ……すみません」

妹に秘蔵のコレクションを発見されていた。

「他にも『ニーソまみれの臨海合宿』とか『それでもニーソは脱がさない』とか、どれだけニーソが好きなの？　兄さんは偏りすぎ」

「えっと……今後は善処いたします」

中学生の妹にアダルト雑誌のダメ出しをされてしまった。

双樹はにやりと唇《くちびる》の端を吊《つ》り上《あ》げる。顔が可愛《かわい》いだけに小悪魔っぽくて魅力的な笑みなのだけれど、公開処刑の真っ最中であるぼくにとっては恐怖の対象でしかない。

「ユキさんに教えちゃおうかなあ？」

「それは勘弁してください」

「でも、好きな人の趣味を把握しておいて損はないでしょ?」

「知らなくていい世界だって、きっとたくさんあるんだよ」

「兄さんはどんな世界に旅立つ気なのさ?」

「男のロマンは女子にはわからないんだよ」

「わかりたくもないってば、ニーソに興奮する兄のロマンなんて。ちなみに『姉妹《しまい》どんぶりニーソックス盛り』はさすがにボクも引きました」

「……ごめんなさい」

「『ニーソの神秘』なんて、ボクにはちっともわからない」

「やめてっ、雑誌のタイトルで兄さんをなじるのはやめてっ」

妹に本気で懇願《こんがん》するぼく。格好悪いお兄ちゃんコンテストがあったら、きっと何かしらの賞を取る。もういっそ庭にでも埋めてほしいと思いました。

「というか双樹《そうじゅ》、勝手に部屋に入らないでほしいんだけど」

「うん、それはボクもごめんなさい。でも兄さん、たまに洗濯物を放置してるから」

「……以後、ちゃんとします」

「お願いね」

そうして双樹はにっこりと笑った。

最初からぼくのだらしなさを矯正《きょうせい》するのが目的だったのだろう。例えるなら散歩中に主人の先をいかないよう犬の首輪を引っ張るようなもの。調教ともいう。

そうして兄妹《きょうだい》は、ほぼ同時にグラタンを食べ終わる。

視線を落とすと黒猫がようやく食事を始めたところだった。

「告白のことだけど、むしろ〝やっとか〟って感じだよ。ボクが驚いたのは内気なユキさんが告白なんてできたこと」

「今の雪姫《ゆきひめ》はやけに饒舌《じょうぜつ》っていうか、明るくなってるよ」

「ほんとに？　ふうむ……兄さんがあんまり鈍いから痺《しび》れをきらして積極的なアプローチに変えてきたのかな。それで兄さんは何て答えたの？　そのぶんだと付き合い始めたってワケじゃなさそうだけど」

「返事は待ってほしいって答えた」

「……あきれた。兄さんはほんとに乙女心がわかってない。ユキさんがかわいそう」

「双樹は雪姫の味方なんだな」

「そりゃあね。女の子どうしだし、ユキさんはお姉ちゃんみたいな人だし」

「ああ、おまえら姉妹みたいに仲よかったからなあ」

「まあ、ボクと兄さんも血は繋《つな》がってないけどね」

「――――え？」

「冗談だよ。真に受けないでよ」

「双樹《そうじゅ》の冗談は洒落《しゃれ》になってないから！　兄さん心臓が止まるかと思ったよ！」

「ふふっ、やっぱり兄さんといると和《なご》むなあ」

双樹はぼくが雪姫《ゆきひめ》の告白に答えなかった理由を訊《き》かない。

何も訊かずにいつも通りでいてくれる。

妹が作ってくれるのは食事だけじゃない。温かな家族の時間を作ってくれている。

そしてその温度は、ぼくに降りかかっている非日常を少しの間だけ忘れさせてくれた。

この時間だけは平凡な日常で、安心して羽を伸ばせる貴重な至福《しふく》。

沈んでいた気分が、少しだけ軽くなっていた。

「そうだ、いいリンゴがお買い得だったから奮発しちゃったんだけど、いま食べちゃう？」

「ああ、もらおうかな」

双樹が切り分けてくれたリンゴを食べ終える頃には、黒猫もグラタンを平らげていた。

◆◆◆

「ぼくは馬鹿だ……」

風呂上がり、自室のベッドに仰向《あおむ》けになって、そんなふうにぼくは毒づいた。

胸の中で渦《うず》を巻いているのは後悔と怒り。それはすべてぼく自身に向けられた感情。

ぼくは自分に対して怒っていた。恋愛感情の消失が、ぼく自身にしか関わりのないことだと信じ込んでいたのだ。そして、その身勝手が雪姫を傷付けてしまった。

雪姫の告白は、鮮烈にぼくの心に突き刺さったままだ。

「イツキさまは馬鹿なのですか？」

「……ミントはまたそんな格好をしてるのか」

顔を覗《のぞ》きこんできたのは猫じゃなくて、ワイシャツを羽織った金髪の少女。すこし目を離した隙《すき》に姿を変えていた。長い髪が頬《ほお》にあたってくすぐったい。

「ボタン、自分で留められたんだな」

「イツキさまがしてくれたのを、見ていましたから」

「えらいな」

横になったまま手を伸ばし、子どもにするように頭を撫《な》でてやる。天使は目を細めてされるがまま。妹が増えたような気分だ。

「そのワイシャツ、気に入ったのか？」

「はい。軽くて、動きやすくて、いい感じです」

「けど、双樹がきたらすぐに猫に戻ってくれよ？」

「了解しました」

頷《うなず》く天使の頭には猫の耳。お尻《しり》とシャツの間からは尻尾《しっぽ》がはみ出ている。

ミントがベッドに膝《ひざ》をついたから、ぼくも体を起こす。

ぼくはようやく林檎《りんご》について考え始めていた。天界の林檎を食べた男性は恋愛感情を失う。なら、林檎が恋愛感情を奪うことにどんな意味があるのだろうか。

その理由をもっと早く訊《き》いておくべきだった。

「どうして林檎はぼくの恋愛感情を食べたんだ？」

「それは特定の女性に執着しないように、です」

シーツの上にぺたんと座ったミントが、よくわからないことを口にした。

「林檎が二つに分かれれば必ず男女で対《つい》になります。そして、林檎の成長にとって男性の恋愛感情は邪魔なのです。それは天界の林檎を食べた男性の役割に関係します」

「男性の役割？」

「少女が食べた林檎の〝収穫〟です。これには〝栽培〟と〝管理〟も含まれます。林檎を食べた男性が模様を視認できるのはそのためですね。ちなみに少女本人は模様を視認できません。少女の役割は収穫ではありませんから、見る必要も気づく必要もないのです」

自分の胸に手をやる。浴室で目にした青い林檎を思い出しながら。

「じゃあ、女子の役割は何なんだ？」

「少女の役割は林檎の〝苗床《なえどこ》〟です。作物にとっての土ですね。天界の林檎は少女の中でしか育つことができないのです」

収穫とか栽培とか作物とか、まるで家庭菜園についてでも話してるみたいだ。

ぼくが農家のおじさんで、雪姫《ゆきひめ》が林檎の樹ってイメージ。

「林檎が少女の中でしか育たないなら、ぼくが食べた林檎はどうやって成長するんだ？」

「少女の中で熟《じゅく》した林檎を取り込むのです。育てる女性と見える男性が揃《そろ》わないと林檎はひとつに戻れません。そのため、宿主《やどぬし》である男性は林檎を食べた女性に多くの時間を割くことになります。だから別の異性に心を奪われないよう余分《じゃま》な機能を排除するのです」

それが、林檎が恋愛感情を食べる理由。あまりにも単純で身勝手な林檎の都合。

「分かれた林檎はひとつに戻ろうと惹《ひ》かれあいます。林檎の欠片《かけら》を持つ者たちは、どんなに離れていても最終的には重《かさ》なるのです。今回は、待つまでもなく重なりましたが」

「先に片割れを食べたぼくと近い関係にいたから雪姫が選ばれたってこと？」

「可能性はあります。もちろん、ただの偶然かもしれませんが」

「まったく……面倒なものが落ちてきたもんだな」

ぼくは乱暴に立ち上がり、ずかずかとドアのほうへ向かい、叩《たた》きつけるように明かりのスイッチを切った。そして――

「おりゃあああああああ!!」

「うにゃああああああああ!?」

暗くなった部屋に響き渡るぼくの雄叫《おたけ》びと天使の悲鳴。

状況を説明すると、ぼくがミントを力任せに押し倒したのだ。ついでにぎゅっと小さな体を抱きしめてやった。

「にゃ、にゃにをするのですかイッキさま⁉」

「明日から忙しくなるから、今夜は早めに休むんだ」

「でしたら静かにしましょうよ。またソウジュがきてしまいますよ？」

「心配いらない。奴《やつ》はまだ風呂だ」

お風呂好きの妹は入浴時間が兄の約三倍である。今頃はバスタブの中で鼻歌でも歌っているはずだ。

「く、苦しいですイッキさま」

天使がもぞもぞと腕の中で身をよじるので、少しだけ力を弱めてやると、ぴたりと大人しくなる。宝石のような青い瞳がぼくを覗《のぞ》いていた。

「……天使を抱き枕《まくら》にするなんて、なかなかできないのですよ？」

「そりゃ光栄だ」

カーテンの引かれていない窓から注ぐ月光に、散らばった金髪が濡《ぬ》れていく。

全身で感じる彼女の熱。ワイシャツ一枚という無防備な肢体。薄い胸部の膨《ふく》らみ。繊細《せんさい》な肩。細い腰。ぼくよりずっと小さな少女の吐息が鼻先を撫《な》でる。

「ミントはぼくに頼んだよな、林檎《りんご》を取り戻す協力をしてくれって」

「はい。言いました」

「ぼくにも理由ができた。強い理由だ。どうしても林檎《りんご》の片割れが必要になった」

目的は定まった。ぼくは自分の気持ちを確かめるために、欠けた心を取り戻す。取り戻して、雪姫《ゆきひめ》の気持ちに返事をする。

「だからミントに協力してほしい。……いいかな？」

「もちろんです。そのために、わたくしはいるのですから」

「えっと、こういう時は指きりとか、映画なら格好よく握手とかするんだろうけど」

友好の証《あかし》というか共闘の誓いというか、そういったものがほしかったのだけど、この体勢ではどちらも難しい。

「なら、こんなのはいかがでしょう？」

ちゅっと頬《ほお》に唇《くちびる》がふれた。

それは天使の祝福《キス》だった。

「ああ、これ以上ないくらい縁起がいいな」

背中にまわしていた手のひらで頭の後ろを撫でてやる。天使はうっとりと微笑《ほほえ》んだ。

「絶対に林檎を取り出すぞ」

「はいっ」

それは月の綺麗《きれい》な晩のこと。

天使と林檎《りんご》は約束を結んだ。

猫耳天使と恋するリンゴ

第三章 ❖ 模様のありか

雪姫《ゆきひめ》が食べた林檎《りんご》の片割れ、その模様の捜索は難航《なんこう》していた。

「見えている範囲は確認したけど、リンゴの模様は見当たらなかったよ」

制服はまだ冬季の仕様。上着に守られて肌の露出は多くない。顔の他には手と脚の一部しかありのままの姿を晒《さら》してくれない。制服姿では確認可能な範囲が狭すぎる。

「では、ユキヒメが入浴する現場を押さえるというのはいかがでしょうか？」

「却下《きやつか》だ。それは絵的にも道徳的にもまずい」

「天使の力を使えば、睡眠を強制することも可能ですが」

「それも却下。眠ってる女子の体を探るなんてできない」

水曜日の夕刻。自室の椅子《いす》に腰掛けて、学校帰りに購入した猫じゃらしを手に猫を弄《もてあそ》びながら、本日の成果と反省を述《の》べ合っていく。

「猫じゃらしの具合はどうだ？」

「よくわかりませんが、体が勝手に動いてしまいます」

「体に染み付いた習性は、簡単には消えないってことだな」

みょんみょん動く対猫兵器にミントが猫パンチを繰り出していく。うん、たいへんに面白い。猫を愛する人達《たち》の気持ちがわかった気がする。

「うぅ……なかなか捕まえられません」

「ミントなら超絶ジャンプで一発じゃないのか？」

「天使が憑依《ひょうい》したからといって、器自体の能力が向上するわけではないのです」

「でも山羊《やぎ》の悪魔と戦った時、宙を飛んでなかった？」

「あれは天使の力であって猫の身体能力ではありませんから。こんなことに力を使うのは間違っている気がします」

　確かに。遊びで力を使い果たし、いざという時に燃料切れではぼくの命が危ない。

「とりあえず、明日はもっとよく観察してみるよ」

「では、わたくしはイツキさまの守護に専念します」

「任せた」

　頼もしいペットの頭をひと撫《な》でして、ぼくは椅子から立ち上がる。

　夕食を知らせる双樹《いもうと》の声が、階下からぼくを呼んでいた。

×××

　木曜日の放課後。いつものように並んで学校を出たぼくと雪姫は、いつも以上に近い距離で隣り合って帰路を歩いていた。

「……あの、雪姫《ゆきひめ》さん？　ちょっと近くないかな？」

「近いとだめ？」

「だめじゃないけど」

「じゃあ、もっと近くてもいい？」

「……もう好きにしてくれ」

最近、雪姫の積極性に拍車《はくしゃ》がかかってきた。自分から話を切り出すし、大胆な発言をしたり、こうして接近の許可を求めたりもする。エスカレートしていく要求を呑《の》んでいった結果、並んで歩くふたりの距離がほとんどゼロになっていた。

「えへへ。夢だったの。肩がふれあう距離」

照れくさそうに言う雪姫を盗み見る。雪の結晶をあしらったヘアピンの恩恵により、隠れがちだった瞳を遮《さえぎ》るものもなく、綺麗《きれい》な横顔にやわらかな笑みが咲いていた。

「雪姫、ちょっと待って」

「え、なに？」

呼び止められ、振り向いた幼馴染《おさななじみ》の頬《ほお》に手を伸ばす。髪を押さえて輪郭《りんかく》を浮き彫りにする。透き通るような頬に、林檎《りんご》の模様は見当たらない。

「雪姫の肩にクモがいる」

「クモ⁉」

「取ってやるからじっとしてろ」

「う、うん……」

無論、クモはいない。雪姫の体を探るための嘘《うそ》。撫《な》でるように髪をどけて首筋を確認する。不自然を承知で額《ひたい》を暴《あば》き、まさかとは思いながらも耳の裏まで調べ上げた。

「とれた？」

「取れたよ」

クモではなく確証が。頬にも首筋にも模様はない。額にも耳にもなかった。これで制服着用時に露出する肌については確認し終えた。

「これは簡単には見つけられないな」

「なにか探し物？」

「ああ、ちょっと前世の記憶を」

「それは探すのむずかしそう」

冬季の制服では確認可能な範囲が極端に制限される。この時期は体育もジャージで完全装備だから、半袖《はんそで》短パンにはまだ早い。

それなら私服はどうだろうか。制服よりは薄着になってくれるかもしれない。

雪姫が私服に着替えるとしたら、もちろん彼女の自宅である。

「あのさ、これから雪姫《ゆきひめ》の家にいっていいか？」

「うん。じゃあ、一緒にお茶しよう」

まだまだ見頃の桜並木を潜《くぐ》り、幼馴染《おさななじみ》の家に足を向ける。

ちらりと背後を見やる。トコトコ後ろをついてくる黒猫は、例の魔法によってやっぱり雪姫には見えていない。

「そういえばリトルの奴《やつ》、まだ忠犬の真似事《まねごと》やってるの？」

「あ、うん。それがね……」

心優しいご主人様が苦笑いした理由を、その数分後に知ることになる。


「……しかしリトルは元通りの駄犬であった」

白木《しらき》家の玄関前で、件《くだん》の白犬が大きなお腹《なか》を晒《さら》して居眠りをしていた。主人が帰ってきたというのに起きる気配がまるでなく、品のない寝息が頭の悪さを主張する。

駄犬、リトルマウンテン復活である。

「忠犬の真似事は三日ともたなかったか」

ぼくが忠犬リトルを目撃したのは一昨日の火曜日。雪姫に告白された日のことだ。雪姫の話では、その日の夜には駄目な子に戻っていたらしい。

「でも、だめな子だけど、リトルといると楽しいから」

いとおしげに犬の腹を撫《な》でる雪姫。

主人の愛撫《あいぶ》に「あっふうん」と恍惚《こうこつ》とした声色で鳴く白犬。主人の愛がリトルを駄目にしているのか、それとも犬の駄目さ加減が主人の母性本能をくすぐるのだろうか。はたまた両方の相乗効果という線もあるけれど、だとしたらもう手に負えない。

ぼくは足元の黒猫に視線をやり、軽く頷《うなず》いてみせる。

「あれ、イツキ君の猫ちゃんだ？」

魔法を解き、不可視の鎧《よろい》を剥《は》いだ黒猫の登場に驚く雪姫。彼女はしゃがんで猫のノドをくすぐったのち、そのままミントを胸に抱いた。

「きっとイツキ君を探してたのね。せっかくだから、あなたもおいで」

にゃあ、と短く答える猫。ぼくはつい笑ってしまう。

素っ気ない猫の鳴き声が、ぼくには「おかまいなく」と聞こえたから。

「ほら、イツキ君も」

促されて隣に並ぶ。鞄《かばん》と猫で手がふさがっている雪姫の代わりにドアを開《あ》けてやる。

ありがと、と照れくさそうに言う雪姫に続いてぼくもドアを潜った。

雪姫が口にした「ただいま」の声に応えるように、ぱたぱたとその人はやってきた。

「おかえりなさい。あら一樹《いっき》くん、いらっしゃい。そちらの猫ちゃんは初めまして」

「おじゃましてます。ミントっていうんですけど、入れてもいいですか？」

「いいわよ。うふふ。ゆっくりしていってね」

肩を隠す長さの髪をひとつに束ねた女性は雪姫《ゆきひめ》ママ。背は雪姫より少し高いくらい。高校生の娘がいるとは思えないほど若く可愛《かわい》らしい奥さんだ。

ともすれば姉妹《しまい》にも見える親子に連れられ、白木《しらき》家の居間にお邪魔する。

「座って待っててね。すぐにお茶を淹《い》れますから」

「おかあさん、私も手伝う」

「え⁉　あの、雪姫さんは着替えたりしなくていいのかい？」

「イッキ君も制服だし、私もこのままでいいかな」

唇《くちびる》を緩《ゆる》め、猫をぼくに預けると幼馴染《おさななじみ》はキッチンにいってしまった。こうして、実家で私服になったお姫様を観察するという作戦は見事に失敗したのである。

「何事も思い通りにはいかないということですね」

「……そうだな」

幼馴染の私服が拝《おが》めずわりと本気で落ち込むぼくだった。ソファに腰をおろすと、猫が慰《なぐさ》めるように頭を胸に押し付けてくる。くすぐったい。

「しかしリトルの奴《やつ》、想像した以上にあっさり元の駄犬に戻ったな」

「すこし不思議に思っていたのですが、あれだけ大きな犬なのに名前がリトルなのですね」

「正式名称はリトルマウンテンだけどな」

「なるほど、直訳すると〝小さな山〟なのですね。ぴったりな名前だと思います」

ぼくらはなるだけ小声で会話をこなす。猫に向かって喋《しゃべ》っている姿を目撃されるわけにはいかないからだ。

「リトルといえば、ちょっと気になったことがあるんだけど」

「気になったこと、ですか？」

「リトルが忠犬になったのと、雪姫が明るくなったのはほとんど同じ時期だ。林檎《りんご》を食べたことで雪姫が変わったように、リトルの変化にも林檎が関わってるんじゃないのか？」

「ふむ。たしかに、絶対にないとは言い切れませんね」

黒猫は頷《うなず》いて、ソファにお尻《しり》を落ち着けてから話し始める。

「天界の林檎は成長するごとに色が変わっていきます。人間に宿ったばかりなら青、ある程度育つと黄色、熟《じゅく》したら赤です」

「その辺は普通の林檎とあまり変わらないんだな」

「生《な》ったばかりの果実、つまり青色の林檎は少女に〝変化〟を与えます」

「それが、雪姫の性格が急に明るくなった原因か」

「はい。ユキヒメの変化は林檎が宿主《やどぬし》の願いを叶《かな》えた結果でしょう。力が弱まっている不完全な林檎の力ですので、願ったことが完全なカタチで叶うわけではないのですが」

「雪姫《ゆきひめ》の願いは中途半端に叶《かな》ってるってことか……」

白木《しらき》雪姫の願い事は未完成の状態。林檎《りんご》を食べたことで手に入れた明るさが不完全な願望《カタチ》だとしたら、雪姫の本当の願いは何なのだろうか。

「ただ、青い果実の影響は宿主《やどぬし》にしか及びません。あくまで少女の機能の向上に限定されます。問題は黄色の林檎で、そこまで育つと何らかの魔法を発現する場合があるのです」

「魔法？　雪姫までビームを吐いたりするのか？」

「それはないと思います。魔法といっても触媒《しょくばい》が人間の体ですから、無茶《むちゃ》なことはできません。しかし、その影響が宿主にだけ及ぶとは限らないのです」

「魔法の力で、駄犬が忠犬になるのもありえるってことか」

「あくまで可能性の話です。あの犬からは魔法の気配を感じませんでしたし」

「どうあれ、早々に模様を見つけたほうがいいってことだな」

「はい。ユキヒメの林檎が何色なのか気になります」

その直後、雪姫とママさんが戻ってきた。二人が用意してくれたのは紅茶とアップルパイ。まさにおやつの鉄板の組み合わせ。お菓子はママさんの手作りとのこと。

「それじゃあ、ごゆっくりね」

ママさんが素敵なウインクをしてキッチンに戻り、制服姿の雪姫が向かいに座る。彼女が紅茶を啜《すす》るのを待って、ぼくは次の一手を指すことにした。

「雪姫に聞いてほしいことがある。いいかな？」

「うん、どうしたの？」

「ぼくらの今後を決める大事な話なんだ」

ぼくの真剣さが届いたのか、彼女も姿勢を正す。

「わかった。ちゃんと聞く。聞かせて」

ごくりと雪姫の白いのどが動く。幼馴染《おさななじみ》の緊張が伝わってくる。

ぼくの緊張も、きっと伝わっているだろう。

「ゴールデンウィークの初日、つまり明後日《あさって》の土曜日」

こくりと雪姫が頷《うなず》く。大粒の瞳が緊張で揺らぎ、唇《くちびる》がきゅっと結ばれる。

そしてぼくはその一言を口にする。林檎のありかを暴《あば》き、雪姫の真実を知るための新たな一歩を高らかに宣言する。

「デートをしよう！」

◆◆◆

「それでユキさんは？」

「顔を真っ赤にして口をぱくぱくさせた挙句《あげく》にママさんに助けを求めにいった」

「ああ……その光景は簡単に目に浮かぶなぁ」

「そのあとママさんと二人がかりで落ち着かせて何とかデートの約束を取り付けた」

「二人でお出掛けなんて別に初めてじゃないでしょうに……。でも、デートって意識してのお出掛けは初めてなのか。そりゃユキさんだって喜ぶよ」

夕食を終えた兄妹《きょうだい》は居間のソファに座って向かい合い、世間話という名の家族のスキンシップを楽しんでいた。今夜の妹のジャージは鮮やかなオレンジ。黒猫《ミント》は双樹《そうじゅ》の胸の中である。抱かれニャンコである。

「行き先は決めてるの？」

「これから考える」

「早く決めて連絡してあげなよ？　どこにいくかで準備だって変わるんだから」

「わかってる。今夜中には連絡するよ」

「それで、デートの目的は？」

「雪姫《ゆきひめ》をもっと知りたい。具体的には今まで知りえなかった部分のすべて。そのために幼《おさな》馴染《なじみ》のあられもない私服が見たい」

「まあ、ニーソ以外のものに興味を持つのはいいことだと思う」

「いやらしい目で見たいわけじゃない。純粋に知りたいことがあるだけなんだ。具体的には衣服の中身を知りたい」

「兄さんそれ、けっこうギリギリの発言だから。むしろアウトっぽい」

「雪姫の裸は見たいけど、乱暴なのとか無理やりなのは絶対にだめだ」

「あたりまえだから」

話しながら、双樹は黒猫のノドを優しく撫《な》でている。

ミントがきて四日になるが、ずいぶんと花神家《はながみけ》に馴染《なじ》んでしまっている。まさか天使を飼うことになるとは、食後のヨーグルトに混入していたリンゴの欠片《かけら》ほども思わなかった。

「あれ、ボクに電話だ」

女子らしいカラフルな着信音。双樹はミントを抱えながら、片手で器用に携帯を開《ひら》く。

「はいはい、もっしー？」

軽快なアイサツから始まり携帯で喋《しゃべ》ること約三分。

「ボク、ユキさんちにいかなくちゃ」

通話を終えた妹がそんなことを言い出した。どうやら電話の相手は雪姫で、双樹は彼女に呼び出されたらしい。

「デートのことで相談だって。それで、今夜はユキさんちに泊まることになった」

「なら兄さんが送っていく。双樹は可愛《かわい》いから心配だ」

「ありがと。ボクは頼もしい兄さんが大好きだよ」

「兄さんも双樹が大好きだ。洗濯とかしてくれるから」

「その洗濯物だけど、ボクがいない間に猫さんが下着をかじらないようにしてね。あと兄さんも、匂いとか嗅《か》いじゃヤだから」

「おまえは兄さんを何だと思ってるんだ？」

「ニーソの申し子？」

「ニーソのことは忘れてください」

「下着よりボクのニーソがアブナイということに気がついた」

「あぶなくないから。妹のニーソに手を出したりしないから」

「猫さん？　兄さんがボクのニーソをクンクンしないように見張っててね？」

「猫に何を頼んでるんだ。しないから。妹のニーソを嗅いだりしないから」

そもそもニーソ単体に価値などない。いたいけな少女が脚を通すからこそ、それらは美しく光り輝くのである。

「さて、パジャマとか準備しなきゃだね」

双樹《そうじゅ》がソファに猫を下ろして席を立ち、うーんと伸びをする。体の動きに合わせてツインテールが揺れた。

「兄さんはユキさんの私服で何か要望はある？　あ、ニーソ以外でだよ？」

ニーソを除外されたことに異議を唱えたいところではあるけれど、模様発見のために真《ま》面目《じめ》に答えるなら肌を晒《さら》してくれる服装がいいだろう。

「なるだけ薄着で。肩とか露出してると嬉《うれ》しい」

「おっけー。下心が満載ですごくいいと思う」

ぐっと親指を立てる妹。苦笑しながらぼくも腰を上げる。軽く頭を撫《な》でてやると、まんざらでもなさそうに双樹は目を細めた。

「朝食は作りにきてあげるから心配しないで」

「ああ、ありがとう」

相変わらずよくできた妹だった。

×××

そして、あっという間に時は駆け抜け春の連休《ゴールデンウィーク》初日。土曜日の朝。

肩に猫を乗せたぼくは駅に向かっていた。本日は快晴で、雲ひとつない青空で、これが作戦ではなく純粋なデートだったら心の底から楽しめただろう。

時刻は午前八時五十分。待ち合わせた時間より十分前の駅には既に雪姫《ゆきひめ》が待っていた。

「あ、イッキ君。おはよう」

胸の前で手をふる可憐《かれん》な女の子。華やかな笑顔が太陽よりも眩《まぶ》しい。

前髪をカチューシャで留めていて、額《ひたい》がお日様に照らされている。

「おはよう。その服、よく似合ってる」

「ありがとう」

襟《えり》が大胆に開《あ》いた大きめの白いシャツと黒のプリーツスカート。下はキャミソールなのか肩に紐《ひも》がかかっていて、惜しげもなく鎖骨《さこつ》と肩とを見せている。それでいて派手な感じはなくて、むしろ清楚《せいそ》な雰囲気で、雪姫《ゆきひめ》の魅力を巧《うま》く引き出していた。

そして何よりぼくの目を惹《ひ》いたのは、腿《もも》までしっかりと覆う黒のニーソックス。

ぼくの一番の好物であり、明らかに双樹《いもうと》からのサービスだった。

普段なら素直に嬉《うれ》しかったはずのそれは、現状でも正直かなり嬉しいそれは、しかし本日の趣旨には背反《はいはん》する。

ぼくの目的はニーソではなくその中身——彼女の素肌にあるのだから。

「それじゃ、これから電車とバスだな」

「うん、すごく楽しみ」

ふたり仲良く隣り合い、駅の入り口に向かって歩き出す。

さりげなく幼馴染《おさななじみ》を見ると、上機嫌《きげん》なのを隠そうともしない横顔があった。肩の上で、くせのある髪先が楽しげに揺れている。

彼女をデートに誘《さそ》ってから考えていたことがある。男女のお出掛けにおいて女子がもっとも惜しげなく肌を晒《さら》す状況は何かを。またはその服装は何かを。

答えは身近なところに転がっていた。

雨にも風にも負けず、暑さも寒さも跳ね除《の》ける理想のスポット。年中女子の薄着を楽しめる偉大な発明品。ぼくらがこれから向かうデートの行き先。

すなわち、室内プールである。

隣町の端、町と山の境目《さかいめ》にある室内プール。

体育館のような外観をした建造物の中に二十五メートルのメインプールと、子ども用の円形プール、二メートルの深度がある上級者向けのプールが設けられている。それほど規模は大きくない。利益よりも、地元の住人の利用を目的とした市営施設である。

「わたし、プールなんて久しぶり」

「そうだな。高校に入ってからはプールの授業なんてなかったし」

バスを降りると新鮮な空気がぼくらを出迎えてくれた。山が近いからか気温がすこし低い。夏は快適かもしれないけど、今はちょっとだけ肌寒い。

券売機で二人分のチケットを購入して入館する。玄関ロビーに足を踏み入れると、消毒剤か何かの、プール特有のニオイが鼻についた。

「それじゃ、着替えますか」

「あのね、イツキ君……期待してて?」

覗《のぞ》きこむような上目遣いで囁《ささや》くように言われてどきっとした。積極的な雪姫《ゆきひめ》に慣れていなくて、そういう不意打ちは反応に困る。

恋ができない林檎《りんご》のくせに、ぼくの顔は赤くなっているだろう。

雪姫と別れて男子更衣室へ。いちばん奥のスペースで荷物と、ぼくの肩に乗ったままだった猫を下ろす。周囲を確認してからミントに話しかけた。

「話せなくてわるかったな。淋《さび》しくなかったか?」

「へいきです」

「ん、そっか。とりあえず雪姫の肩に林檎はなかったよ。ミントはどう思う?」

「模様は少女の願いによって能力が向上した部位に現れやすいですからね。彼女の願いが心の強さに関するものだとしたら、心を示す胸部が怪しいかもしれません」

「ぼくとしては、胸やお尻《しり》は勘弁してほしいところだ」

なにせ収穫の方法は林檎に口づけを施《ほどこ》すことなのだ。あるいは舐《な》めること。どちらにしても胸やお尻にしていい行為ではない。

「とりあえず人目につかないように頼む。ここも猫の持ち込みは禁止だから」

素直に頷《うなず》く猫の頭を軽く撫《な》でてやる。

「さて、薄着のお姫様を待たせるのはまずいな」

あれだけ可愛《かわい》い女の子をひとりにはさせられない。ぼくは手早く着替えをすませ、ロッカーに荷物を放《ほう》り込み、猫を引き連れてプールサイドへ踏み込んだ。

「おお、なかなか広いな」

「お水がいっぱいですね」

プールを初めて目にしたミントが面白い感想を漏らした。

お客は思いのほか少なかった。ぼくを含めても十人ちょっと。ほとんど貸し切りである。ゴールデンウィークとはいえ四月末の客足としてはこんなものなのだろう。

「おまたせっ」

どこか上擦《うわず》った声に振り向くと、短いポニーテールの雪姫がいた。

細くしなやかな腕と、麗《うるわ》しい魅力を放つ生脚がそこにはあって、けれど、その瑞々《みずみず》しい果実を味わう余裕がぼくにはなかった。

とどのつまり、つまるところ雪姫の水着は、ビキニではなかったのだ。

「スクール水着……だと？」

スクール水着。肌の露出が少なく、主に小中高の体育で使用される、思春期の男子の視線から女子を守る鎧《よろい》である。しかし体にぴったりと張り付く様子が逆に男子の目を惹《ひ》き、一部で熱狂的な人気があったりする素敵装備。かくいうぼくもスク水派である。

「ソウちゃんがね、イツキ君はスク水が好きだからって」

「たしかにスク水は大好きだけど。大好物だけれど」

今日だけはビキニが見たかった。というかビキニで隠せない彼女の素肌が見たかったのだ。スク水では女の子の肌色がいささか足りない。

すっかりビキニでくると思い込んでいた。思うだけじゃ意見は通らないという社会の厳しさである。祈りで世界は救えないし、女の子はビキニを身に着けない。

「えっと……もしかして似合ってない？」

「いや、すごく似合ってる。猫じゃらしにパンチを繰り出す猫並みにかわいい」

「ほんと？　よかったあ」

緊張を感じさせる面持《おもも》ちから一転、ふわっとした笑みをみせる雪姫《ゆきひめ》。

「ね、いっしょに泳ご？」

手に手がふれる。細くて小さいくせに、やわらかな手のひら。

体温を重《かさ》ね、繋《つな》ぎ合う。

ぼくの都合で連れ出したのだ。せめて楽しんでもらおうと思った。まだ彼女の想《おも》いに答えることはできないけれど、この子を笑顔にしたいという願いは本物だから。

「でもその前に、まずは準備体操だな」

「あ、そうだね」

その後、プールで一緒に遊びながら、スク水から伸びる手足をさりげなく観察した。

両腕はもちろん、悩ましい魅力を放つ太ももから足の裏までチェックした。その際に犬かきをしていた雪姫から悪意のない足蹴《あしげ》を頂戴《ちょうだい》し、鼻血を放流《ほうりゅう》したのは天罰《てんばつ》だろう。

結果から言えば、腕にも脚にも林檎《りんご》は生《な》っていなかった。


雪姫の四肢に模様はない。それでも範囲は絞れてきている。包囲網を徐々《じょじょ》に狭《せば》めるように、さながら獲物を追い詰めるように、着実に真実へと近づいている。

「首から上に模様はなく、四肢にも見当たらない。となれば単純な消去法だな」

「ユキヒメの林檎はスクール水着の中にあるのですね」

時刻は午後一時過ぎ。休憩室で雪姫が持ってきてくれたサンドイッチを食べたぼくは、プールサイドに置かれた長椅子《いす》でくつろいでいた。

「尻尾《しっぽ》さえなければ、ミントも人の姿で泳げたのにな」

「かまいません。わたくしは、わたくしの役目を果たすだけですから」

「役目も大事だけど、せっかく一緒にいるんだから、楽しいほうがいいだろう？」

「必要のないことです。わたくしは天使ですから」

「ん、そっか」

人と天使は違う。ぼくとミントは異なる理屈で動いている。それでもぼくは、ミントも一緒に泳げたらいいと思った。

「ところで、ユキヒメはなかなか戻ってきませんね」

「だな。昼食の片付けにしては遅い気がする……と、噂《うわさ》をすれば」

ぱたぱたと小走りにやってくる足音。目を閉じていてもわかる親しい異性の気配。耳慣れた息遣いに顔をあげたぼくは、目を疑った。

「……お、おまたせっ」

更衣室から出てきた雪姫《ゆきひめ》は、真っ赤なビキニを着用していた。

こういう場所でなければ下着と区別がつかないわずかな水着をまとった幼馴染《おさななじみ》がぼくの前に立つ。いじらしく頬《ほお》を染め、うかがうような上目遣いでぼくを見る。

「ど、どう、かな……？」

ビキニ。それはスク水とはまったく違う方向性を持つ芸術品。そして何よりそれを身に着けた女子の露出度の高さ、眩《くら》むような素肌の割合がぼくの頬まで焦がしていく。

「はっきり言おう。すごく、えっちです」

「うん。わかってる。すごくがんばった」

おへそまる出しの水着ガールが、恥ずかしそうにもじもじと身をよじるのだけれど、もう目に毒というか毒気が強すぎて見ていられない。

「でも、どうして？」

「ソウちゃんが教えてくれたサプライズなの。こうしたら、イッキ君は絶対によろこぶかって。勇気がいっぱい必要だったけど、がんばってみた。よろこんでくれますか?」

「ああ、ありがとう。今の雪姫《ゆきひめ》、めちゃくちゃ綺麗《きれい》だよ」

抱き寄せるように頭を撫《な》でる。少しだけ湿っぽい黒髪を、くしゃくしゃと撫で回す。

「あ――」

かすかに溜息《ためいき》の気配がして、こわばっていた体から力が抜けていく。張り詰めていた緊張がほどけて見えなくなったあとで、やっぱり恥ずかしそうに雪姫はわらった。

「ね、イッキ君。今度は競争しよっか?」

「いいよ、望むところだ」

白木《しらき》雪姫、水着交換完了《ドレスチェンジ》。

そして勝負《デート》は後半戦へ。


二人並んでプールの端に背をつけ、同時にスタートを切る。

競争と言っても形だけで、隣に雪姫がいるのを確かめながら、ゆったりと泳いでいく。

水に身を任せるのは奇妙な感じだ。透明な重みで自由にならない体がもどかしい。そんなことを思いながら泳いでいると、不意に異変を感じた。

　隣で泳いでいたはずの雪姫がいない。

「……雪姫？」

　泳ぐのを中断し、名前を読んでも返事がなくて、顔を見せてはくれなかった。というか雪姫がいた座標の水面に泡がぶくぶくと――

「ちょ⁉　もしかして溺《おぼ》れてる⁉」

　ぼくは慌てて潜水する。水中に沈んでいた小さな体を腕に抱き、水面を叩《たた》くように顔を出させた。

「……ぷぁっ！」

「おいっ、だいじょうぶか⁉」

　ゆらゆらと揺れる水の中で抱きよせて、けほけほと苦しそうに息をする背中をさすってやる。重《かさ》ねた体から伝わる乱れた呼吸と鼓動《こどう》がぼくを不安にさせる。

　少しの時間が経過して、ようやく落ち着いた雪姫がぼくを見た。

「……ごめんなさい。足、つっちゃった」

「それは仕方ない。お姫様が無事でよかったよ」

「お姫様だけに、お姫様だっこだね」

「冗談を言えるなら大丈夫だな。とりあえず水から出よう」

「え？　やだ、だめ⁉」

白い頬《ほお》を赤くして、怯《おび》えたように雪姫《ゆきひめ》の瞳が揺らぐ。

こういう時に慌ててはいけない。ぼくが揺れたら余計に雪姫は怯えてしまう。細い肩を支えて、両足を束ね直して、雪姫が水を飲まないように気をつけながら顔を近づける。なるだけ優しく穏やかに、子どもをあやすように話しかけてみる。

「どうした？　いまさらビキニが恥ずかしくなったか？」

「……もっと、ずっと恥ずかしいことになっちゃった」

雪姫は体をよじり、大事な秘密を打ち明けるようにぼくの耳元へ口を寄せた。

「……ビキニが取れちゃったの」

「マジで⁉」

衝撃の告白だった。茶目《ちゃめ》っ気《け》が混じっていないぶん、双樹《そうじゅ》の冗談よりたちが悪い。

雪姫がずっと腕で胸元を隠していたことに、ぼくはようやく気がついた。

「つまり、雪姫さんは現在ノーブラですか」

「の、ノーブラって言わないで！」

かあっと赤い頬がさらに赤くなる雪姫。

無意識にのどが鳴る。魅惑的《みわくてき》な鎖骨《さこつ》の下。雪姫の両腕をどかせば、女子のなだらかな丘陵《きゅうりょう》を見渡せる。生まれたままの乳房《ちぶさ》を一望《いちぼう》できる。

千載一遇《せんざいいちぐう》のチャンスではあったが、勇者ではないぼくは果敢に挑戦できなかった。

雪姫を下ろすこともできないし、プールから出ることもできない。

足の不具合が治るまでこうして抱いてやるくらいしか、ぼくの力は及ばない。

「……イッキ君、ごめんね」

「いいよ。足が治ったら水着を探そうな」

「重くない？」

「重くないよ。水の中だしな」

それよりも気恥ずかしい。肌と肌が触れ合うこそばゆさ。緊急時とはいえここまで密着するのは数年ぶりのことだった。しかも相手はビキニを失った半裸の女の子。

どきどきしないほうがおかしい。

「雪姫の肌、綺麗《きれい》だよな。背中とかすべすべしてる」

「は、恥ずかしいよ……」

「ぼくも恥ずかしいから、恥ずかしがらせてやろうと思った」

「うぅ……イッキ君のイジワル」

ぷい、と顔を背けられてしまった。

「……でも、今日は誘《さそ》ってくれてありがとう。嬉《うれ》しかったし、楽しかったよ」

「それなら、よかった。ぼくも楽しかったよ」

目的は果たせていないけど、それでも一緒にいられてよかった。

デートは林檎《りんご》を探すための口実だった。けれど、このデートがぼくと雪姫《ゆきひめ》の距離を縮めてくれた気がした。ずっとこの子の傍《そば》にいたはずなのに、知らないことがたくさんあって、そのことに気づかせてくれたから。

「ん？　これって……」

視界の端に見覚えのある赤いものが浮かんでいた。

お腹《なか》を空《す》かせたクラゲのように、ゆらゆらと所在《しょざい》なげに揺れている。

「ほら、水着あったぞ」

「あ——、ありがとう」

手渡した時、指先が微《かす》かに重《かさ》なって、びっくりしたお互いの顔に、ふたりで笑いあう。

もぞもぞと水着を装着《ドレスアップ》するお姫様から視線を逸《そ》らすと、プールサイドでぶるぶると体を震わせている黒猫と目が合った。

雪姫に聞かれないように、ぼくは天使に感謝を告げた。

お腹にも、背中にも、腰にも、林檎の模様はなかった。

泳ぎながら脇《わき》の下などのマニアックな部位も確かめたが無駄だった。ビキニ姿という限りなく裸に近い状態ですら模様を見つけられずに、決定的な結論にたどり着く。

「雪姫の模様《リンゴ》はビキニの中にある」

　上か下か。どちらにしても、男が簡単に踏み込んでいい領域じゃない。

　ここから先は乙女の最高機密《トップシークレット》。胸部はともかく、パンツの中身ともなれば専門誌でさえモザイクという名の神秘のベールに守られている聖域だ。

「ぼくはどうしたらいいんだろうな……」

　ロビーの長椅子《いす》で猫を胸に苦悩《くのう》するぼくがいた。花神一樹《はながみいつき》という名の悩める子羊は幼馴《おさなな》染《じみ》の着替えを待っている最中である。

「では、やはり天使《わたくし》の力で強制的に眠っていただきましょう」

「それはだめだって言っただろ」

　猫の額《ひたい》に軽くチョップをかます。問題発言に躊躇《ためら》いのない天使をたしなめる。

「女子の裸を無断で見るなんて、そんな酷《ひど》いことはできない」

「女性の裸を見るのは酷いことなのですか？　わたくしはイツキさまにすべてを見られているのですよ？」

「見たんじゃないよ。見せられたんだよ。天使はどうか知らないけど、人間の女の子は裸を見られたら恥ずかしいんだ」

　情報の行き違いから中学生の妹の風呂に乱入し、まったく体を隠そうとしない双樹《そうじゅ》に「一緒にはいる？」なんてけろりと言われたことがあるけど、そんなのは特殊な例だ。

「いっそのこと、雪姫《ゆきひめ》に林檎《りんご》のことを明かして協力してもらおうか」

「それは推奨《すいしょう》しかねます。天界の林檎は多くの人間にとって理解の及ぶ範囲に存在しません。得体の知れないモノが体内に混入していると知れば、その事実はユキヒメの精神を不安定にする可能性があります。宿主《やどぬし》の精神状態は林檎の成長にも影響するのです」

「雪姫がこわがるからだめってことか」

「しかし、林檎の話を抜きにすれば、イッキさまの案は有効かもしれません」

「というと？」

「ユキヒメはイッキさまを好いているのですよね？　イッキさまが依頼すれば、林檎の話を明かさずとも裸を見せてくれるのではないですか？」

「…………」

「イッキさま？」

「……その発想はなかった。ミントって、ほんとは悪魔じゃないのか？」

ミントの提案はシンプルだった。直球で剛速球。ただし失敗したらあとがない。一球きりの全力投球である。

「でもその方法は、雪姫の恋愛感情を利用することになる」

向けられた好意を利用して体を暴《あば》く。それは、もしくは眠らせるよりも酷《ひど》い行為ではないだろうか。雪姫がその真意に気づいたら、きっと、ぼくらの関係は砕けてしまう。

「……なんて身勝手なんだろうな。恋愛感情がないくせに、嫌われるのはいやなんだ」

ぼくが恐れたのは、裏切ることよりも、彼女がぼくから離れてしまうことだった。

雪姫を傷つけることで、嫌われてしまうのがこわかった。

雪姫を傷つけたくなかったのは、自分が傷つきたくなかったからだ。

それでも、こんなところで立ち止まってなどいらない。

「ちゃんと返事をするって、約束したんだから」

雪姫の告白に答えるために。自分の気持ちを確かめるために。精一杯の気持ちと共に差し出された特別な言葉に――雪姫の〝想《おも》い〟にぼくの答えを出すために。

天界の林檎をひとつに戻し、ぼくの〝恋〟を取り戻すと決めたのだ。

たとえ傷つけ、傷つくことになっても、その誓いを破ることはできない。

「どうしても傷つけてしまうなら、ぼくは正面突破を選ぶ。自己満足でしかなくても、そのほうが誠実だと思うから」

心は決まった。

ぼくの成すべき結末は変わらない。求める結果に至るための過程、現状における最優先事項は、どうあっても雪姫の模様《りんご》を目に焼きつけること。

そのためなら――

電車を使って街に戻ると、時刻は午後五時をまわっていた。

駅を出ると薄暗い世界が待っていて、空は今にも泣き出しそうな灰色。

気温は肌寒いくらいで、雪姫《ゆきひめ》も朝の薄着ではなく、長袖《ながそで》のブラウスにカーディガンを羽織っていた。ブラウスは白で、襟元《えりもと》に青色のリボンが巻かれている。腰から下は朝と変わらない。黒のスカートと、太ももまで覆うニーソックス。

「雨、降りそうだね」

「天気予報じゃずっと晴れだったはずなんだけどな。降り出す前に帰ろうか」

曇り空を気にしながら、先を急ごうとしたぼくを雪姫が引き留めた。捨てられた子犬のように、頼りなげな目をした幼馴染《おさななじみ》が、ぎゅっとぼくの手を握っていた。

「わたし……まだ、帰りたくない」

寂《さび》しげに震える声。それはきっと、心に押《お》し留《とど》めることができず、溢《あふ》れてしまった感情の発露。――直後、ぼくの鼻先で冷たい雫《しずく》が弾けた。

「……降り出したな」

灰色の空が、雪姫の感情に共鳴したように次々と涙をおとしていく。

「帰ろう。このままじゃ風邪をひく」

泳いでいたからかいつもより冷たい幼馴染の手を握り返し、張り詰めた状況をうやむやにしたままぼくは逃げ出した。雨からも。雪姫の気持ちからも。

いろんな感情がない交ぜになって、足を踏み出すたびに、何かが爆《は》ぜる音がした。

雪姫の温度を繋《つな》ぎとめながら、ひたすら家路を急ぐも雨は徐々《じょじょ》に勢いを増していく。

「このままじゃ下着までびしょ濡《ぬ》れだ。雪姫、公園で雨宿りしようっ」

ここは雪姫の家に近い場所。子どもの頃、雪姫と出会った小さな児童公園があり、最近になって新設されたばかりの公衆トイレがある。

雨降りの公園には誰《だれ》もいなかった。ぼくらはトイレの屋根の下に飛び込んだ。

荷物を下ろして息を整える。髪と上着は、すっかり濡れてしまっていた。

「……あ」

隣に立つ雪姫のブラウスが透けていて、下着が見えてしまった。見えてしまったのを雪姫に気づかれて、恥ずかしそうに俯《うつむ》いた彼女から目を逸《そ》らしてしまう。

呼吸を繰り返して上下する胸部が、普段は意識しない雪姫の〝女の子〟を感じさせた。

「……ひどい雨だな」

「……そうだね」

誤魔化《ごまか》すように交わす天気の話題。

気まずい空気の合間を縫って足元に視線をやる。意図に気づいたミントが頷《うなず》いてくれた。

人払いを天使に一任したぼくは、濡れた髪先を弄《いじ》っていた雪姫に向き直る。

「あのさ、雪姫……」

幼馴染《おさななじみ》は小さく首を傾《かし》げ、視線で「なに?」と問いかけてくる。

ぼくはひとつ深呼吸をして雪姫《ゆきひめ》の瞳を覗《のぞ》きこむ。これは一世一代の無理難題《リクエスト》。幼馴染の関係を破壊しかねない魔法の言葉を組み上げる。

「ぼくに、雪姫の全部《すべて》を見せてくれないか?」

「……え?」

雪姫の表情が凍結し、薄く開《ひら》かれたままの唇《くちびる》がわなわなと震え出す。

「ふ、ふえええええええええええ⁉」

彼女の悲鳴が雨音を切り裂いた。ずっと一緒にいたぼくですら聞いたことのない、幼馴染の貴重な大声だった。

「そ、それってつまり……そういうコト?」

「そういうこと?」

「だ、だから、その……イツキ君は」

ぎゅっと胸元を腕で隠すようにして、片手でスカートをぐっと押さえ、熱っぽい上目遣いでぼくを見る。

「私を、食べてしまいたいって、ことですか?」

ぼくの一世一代の言葉は、雪姫の中で壮大な勘違いへと昇華した。

冷静に考えてみればいい。男の子であるぼくが、女の子である雪姫に対して『君の全てを見せてくれ』と告げることの意味を。言葉を言葉通りに受け取るなら『ぼくの前で裸になってほしい』という大胆な要求であり、言い換えれば『君をぼくのものにしたい』という甘い誘《さそ》い文句に他ならない。

となれば彼女の勘違いを誰《だれ》が責められよう。羞恥《しゅうち》に頬《ほお》を染めながら真剣に苦悩《くのう》する乙女を相手に「勘違いですよ」と打ち明ける勇気はぼくにはない。

そわそわしたり、もじもじしてる幼馴染を前にして、ぼくは腹を括《くく》ることにした。

「ああ、ぼくは雪姫を食べてしまいたいんだ」

ぼふんと、音が聞こえそうな勢いで雪姫が頬を真っ赤にする。

「もう雪姫しか見えない。もっと雪姫を知りたいんだ」

少しだけ強引に詰め寄ってみる。体がふれ合いそうな距離。潤《うる》んだ瞳も、薄く開いた口元もはっきりと確認できた。

「だから、ぼくに雪姫を見せてくれないか？」

しっかりと彼女の目を見て、なるだけ優しい声を意識して魔法の言葉を再現した。

雪姫は、頬を赤くしたまま唇を結んで顔を背けてしまう。

「……だめ。見せてあげない」

震える唇からこぼれ落ちたのは、そんなお断りの言葉。

「えっと……参考までに訊《き》きたいんだけど、どうしてだめなんだ？」

「恥ずかしいからっ」

納得の理由だった。雪姫《ゆきひめ》だってお年頃な女の子。現役の女子高生。好きな相手だからって簡単に裸を見せてくれるわけがない。

「……イツキ君のばか。ふんっ」

機嫌《きげん》を損ねたらしい幼馴染《おさななじみ》がぷい、と横を向く。

女の子をその気にさせるどころか、心の角度を斜めにしてしまった。事の顛末《てんまつ》を通してひとつだけ理解できたことがある。ぼくは策を弄《ろう》しても無駄だってこと。

だから。だからぼくは——無言で彼女を抱きしめた。

感じるのは雨音と、二人分の呼吸音。長く濃密な空白に、重《かさ》ねた鼓動《こどう》が熱を帯《お》びていく。

力を緩《ゆる》めず、離さないと伝えるように、ただ抱き留め続けた。

そういえば、こんなふうに雪姫を抱きしめたのは、これが初めてかもしれない。

「……ずるいよ、イツキ君。ダメって言ってるのに」

それは長い沈黙のあとの、微《かす》かな返答。

「ほんとうにずるい。こんなふうに抱きしめられたら、イツキ君のお願い、なんでもきいてあげたくなっちゃうもの」

腕の中で熱い溜息《ためいき》の気配。自分の言葉に驚いているかのような、そんな気配。

「ほんとはね、見たいって言ってくれて嬉《うれ》しかったの。恥ずかしいけど嬉しかった。イツキ君に、抱きしめてもらえて嬉しい」

彼女が身じろいで、ぼくは腕を離す。女の子の歩幅でひとつぶん、一歩だけ遠ざかる距離。それでもじゅうぶんな至近距離で、耳元に寄せられた唇《くちびる》が甘い音を歌う。

「恥ずかしいけど。イツキ君になら、私のぜんぶ、――あげてもいいよ？」

濡《ぬ》れた髪と相まって、熱っぽい彼女の声が背筋を震わせる。感情を失《な》くしてなかったら、あやうく恋におちてしまいそうな健気《けなげ》さ。

「本当に、いいのか？」

「……うん。でも、お家に帰ってからでいい？」

そう言って、不安げに周囲を気にする雪姫。いくら人気がないとはいえ、ここは公園の公衆トイレだ。そんな場所で衣服を脱ぐことに抵抗があるのだろう。

でも、ぼくはそれを許さない。

「ここで、雪姫を見せてほしい」

はっきりと息をのんで、怯《おび》えるように唇を結んで、それでも雪姫は受け入れてくれた。顔を真っ赤にして、声も出せない雪姫は、コクコクと一生懸命に頷《うなず》いてくれた。

ぼくらはトイレの内部に侵入する。そこは個室がふたつあるだけの狭い空間。

小さな磨《す》り硝子《がらす》の窓からは光も差さず、薄暗い。

ぼくらは何も話さない。雨の音だけが響いている。人気のない公園のトイレで女の子とふたりきり。不自然で背徳的で眩暈《めまい》がするほど非現実的な密室《アブノーマルシチュエーション》。

躊躇《ためら》いがちな色と、決意の混じった視線がぼくの瞳を覗《のぞ》きこむ。

ぼくが後ろを向こうとすると、彼女は小さく首をふる。

「……見てていいよ」

消えてしまいそうな囁《ささや》きをこぼして、カーディガンから腕を抜いた。

泣きそうな表情でブラウスに手をかける。少女の手は微《かす》かに震えてる。こわくないはずがない。けれど好きな相手の頼みだから、必死に耐えている。

扇情的《せんじようてき》な光景だった。よく見知った幼馴染《おさななじみ》が目の前で衣服を剥《は》いでいく。こんな寂《さび》れた公園のトイレの中で、少女がその身をさらけ出す。

雨音の合間に、衣服と肌のこすれる音がする。

彼女を守っていた装飾が狭い洗面台の上に積まれていく。

スカートが落ち、薄い膨《ふく》らみを隠していた薄布が外され、女子の秘密を護《まも》っていた最後の下着すら抜き取られた。

「――――、――――ッ」

思わず、息をのむ。薄闇を弾く肌の白。光の薄れた空間でさえ体を浮き彫りにする少女の曲線《ライン》。雪姫《ゆきひめ》の体は嘘《うそ》みたいに綺麗《きれい》だった。

「イツキ君……」

羞恥《しゅうち》の雫《しずく》に濡《ぬ》れた声。湿った吐息を漏らし、潤《うる》んだ瞳でぼくを見る雪姫。白かった頬《ほお》が真っ赤に染まり、熟《じゅく》した林檎《りんご》のようで、息をするのも忘れて彼女に魅入《みい》った。

悲鳴をあげる心臓。張り裂けそうな鼓動《こどう》。世界を押し潰《つぶ》そうとする眩暈。干からびた喉《のど》が鳴る。初めて直視する異性のカラダに、意識が焦がされていく。

控えめな膨らみ、滑らかな下腹部、女の子の大事な部分にさえ、林檎は存在しなかった。

無意識に彼女の顔へ手を伸ばす。ぼくの手が頬を撫《な》でた。——その瞬間、

「きゃう……っ」

びくっと体を震わせたかと思うと、全身から力を抜くように雪姫が倒れこんできた。

崩れかけた体重を抱きとめる。滑らかでやわらかい女の子の感触、一糸まとわぬ姿にクラクラした。痛いほどに脈打つ心臓を無視して、何とか最後の部位を確認する。

抱きとめたまま、華奢《きゃしゃ》な肩越しに、綺麗なくびれの先にあるお尻《しり》を。

「ありがとう雪姫。……ごめんな」

雨に濡れた頭を撫でる。

おそらく羞恥が限界に達したのだろう。恥ずかしさのあまり気を失ったのだ。

天界の林檎を食べたことで確かに雪姫は口数が多くなった。瞳を隠すこともしなくなって、明るく振舞《ふるま》うようにもなったけれど。

この子は本来、とても恥ずかしがりやなのだから。

「……雪姫《ゆきひめ》は、やっぱり綺麗《きれい》だな」

こんなに綺麗な子が一途《いちず》にぼくを想《おも》ってくれている。健気《けなげ》で実直な気持ちをぼくに向けてくれている。腕に抱いた女の子が愛《いと》しくてたまらなくなる。

けれど、同時に理解してもいた。

この愛しさは恋じゃない。無垢《むく》な好意が純粋に嬉《うれ》しいだけ。

「でも……もしも雪姫が気を失ってなかったら、ぼく達《たち》はどうなったんだろう？」

口に出してから失敗に気づいた。これは考えてはいけないことだった、と。

かっと頬《ほお》が熱くなる。想像した〝在りえた未来〟は、体に火を点《つ》けるには十分だった。

「………」

ふと、雪姫の口元へ視線がいく。より正確に座標を示すなら、唇《くちびる》。

薄く開《ひら》かれた桃色の花弁。女の子の唇から目を逸《そ》らせなくなる。

抱き寄せた体の感触が心を乱す。

やわらかく滲《にじ》む体温が思考を狂わせ、ほのかに香る甘い匂いが理性を焼き尽くし、鮮明すぎる異性の質感が身勝手な欲求を加速させていく。

絶対にだめだ。これは卑怯者《ひきょうもの》の選択だ。受理してはいけない悪魔の誘《さそ》いだ。

頭ではわかっているのに、けれどぼくは、悪魔の囁《ささや》きを跳ね除《の》けられなかった。

「雪姫――」

吸い寄せられるように、可憐《かれん》な花弁に唇を寄せ、そして──

「……おや、愛の営みの真っ最中でしたか？」

女子の寝込みを襲う現場を天使に目撃された。

毛並みに雨粒をまぶした黒猫は、室内で行われようとしていた事情を把握するなり入り口の前で足を止める。

「邪魔者は黙ります。わたくしに構わず続きをどうぞ」

「できるかっ」

思わず手に取り猫の顔面めがけて放ったそれは、持ち主の容姿に似合った清楚《せいそ》なデザインをした純白の布地。

生々しい温《ぬく》もりを宿す脱ぎたての、雪姫の下着《パンツ》だった。

◇◇◇

そのあと、ぼくらは悪魔に遭遇《そうぐう》した。

雪姫に服を着せ、眠ってしまった幼馴染《おさななじみ》を背負ってトイレを出ると、白くて大きなヌイグルミが出迎えてくれたのである。

「イツキさま、気をつけてください!!」

テレパシーで危険を叫ぶ黒猫ミント。ぼくは雪姫《ゆきひめ》を背負いつつ身構える。

小降りとなった雨の中に、一目でクマのヌイグルミとわかる特徴的なシルエット。ただ、サイズが普通のそれとはかけ離れている。ぼくは呆然《ぼうぜん》と白い悪魔を見上げた。

「どうしてまたシロクマくんが……？」

四日ほど前。昼休みの屋上でミントにビームで額《ひたい》を貫《つらぬ》かれ、風船のごとく割れてしまったはずの悪魔が傷ひとつない状態で存在している。

現れるタイミングも最悪だ。よりにもよって雪姫が傍《そば》にいるこんな時に。

「……それになんか、ちょっと嬉《うれ》しそうな顔をしてる？」

前に襲ってきた時は悲しそうな顔をしていたのに。林檎《りんご》の片割れであるぼくを見つけて喜んでいるのだろうか。まっしろな頬《ほお》がすこし赤らんでいた。

天使と悪魔が小雨の下で対峙《たいじ》する。真剣な顔のミントに対して、つぶらな目を細めて微笑を浮かべるシロクマくん。しかしシロクマくんはぴくりとも動かない。はにかんだ表情のまま不気味に佇《たたず》んでいる。

「……シロクマくんのやつ、突っ立ったまま動かないぞ」

「ユキヒメがいるからでしょう。少女の食べた林檎は悪魔にとっての毒ですから」

「そっか、雪姫がいるから近寄ってこられないのか。じゃあ、どうするんだ？」

「無論、攻撃します。イツキさまはユキヒメと共にわたくしの後方へ！」

指示に従《したが》い、雪姫を抱いたまま後ろに下がる。

直後、光が迸る《ほとばし》。一つ。二つ。三つ。四つ目でようやく攻撃がやんだ。頭の中に「悪魔を撃退しました」と報告が届く。雪姫を抱きかかえたまま後ろをうかがうと、いつかのように風船のごとく破裂したシロクマくんの残骸《ざんがい》が消えていくところだった。

「あの悪魔、体が硬くなっていましたね。以前に現れた時よりも」

「ああ、この前は一撃で仕留めてたっけ」

「しかもこの短期間で同種の悪魔が二体も出現するなんて、不自然です。わたくしの魔法が通用するところをみても、悪魔が作った幻影というわけではなさそうですし」

「……なんか、面倒なのに絡まれてるな」

謎《なぞ》めいた悪魔の存在。もやもやとした曇り空のような心を抱えたまま、ぼくらは家に帰ることにした。

◆◆◆

「お尻《しり》にほくろがある女の子ってどう思う？」

「え、いきなりなんの話ですか？」

午後六時過ぎ。花神《はながみ》家のリビングには二人の人間と一匹の天使がいた。

雪姫《ゆきひめ》はソファで眠っている。その寝顔を見守りながら猫をタオルで拭《ふ》いてやっていた。

「女の子に服を着せたの、双樹《そうじゅ》以外じゃ初めてだよ」

雪姫の全裸を脳裏《のうり》に焼き付けた。女の子の大事なところまで全部、分け隔《へだ》てなく、出し惜しみなしに隅から隅まで把握してしまった。幼馴染《おさななじみ》のお尻《しり》に一粒のほくろを見つけたことは、心のアルバムにそっと仕舞《しま》っておこう。

「パンツを穿《は》かせた時は鼻血が出るかと思った」

気を失った雪姫をノーパンのままにしておくわけにはいかず、ミントに頼もうにも天使は衣服の扱いが上手ではなくて、ぼくが雪姫に服を着せるしかなかった。

「ブラジャーとやらの留め方がわからず苦戦されていましたね」

「やわらかくてどうにかなりそうだった」

「じっさい、もうすこしでどうにかなりそうな雰囲気でしたが」

「それについては助かったよ。あやうく取り返しのつかないことをするところだった」

「裸の異性を抱き留めていたのですから仕方のないことだと思われます。恋愛感情を失っていても、異性に対する性的な欲求が失われるわけではありませんから」

「そうなの？」

「たとえばイツキさまが卑猥《ひわい》な本をご覧になる際、写真の女性を恋愛の対象として見るわけではないでしょう？　恋愛感情と性欲は必ずしも直結するわけではないのです」

「……すごくわかりやすいんだけど、他に例えようはなかったのか？」

仮にも天使が『卑猥な本』とか言わないでほしい。天使といっても今現在は黒猫の姿をしているので天使っぽさは微塵《みじん》もない。こうして会話ができなければただの猫である。

シロクマくんを撃退したあと、ぼくは雪姫を背負って家に帰ってきた。

二人ぶんの荷物は人間の姿になったミントが頑張って運んでくれて、幸いなことに雨も弱まってくれたからびしょ濡《ぬ》れになることはなかった。

「それにしても、まるで眠り姫だな」

雪姫の寝顔を見つめる。天使のように無垢《むく》な表情。

ソファに寝かせ、タオルで髪を拭いてやっても雪姫は目を覚まさなかった。

ずっと気持ちが落ち着かないのは、裸を見てしまった罪の意識だろうか、それとも別の感情だろうか。恋愛感情は失っているから、きっとそれ以外のもやもやだ。

「ユキヒメは本当にイツキさまが好きなのですね」

「え？」

「異性の前で裸になるのは恥ずかしいことなのでしょう？　なら、本当に好きな相手にしか見せてくれないのではないですか？」

「そう、だな……」

雪姫はぼくの要求を受け入れてくれた。裸を見せてほしいなんて無理難題に、恥ずかしそうに唇《くちびる》を震わせながら、けれど拒絶しなかった。

「……好きって気持ちはすごいな」

控えめな女の子が、あんなに大胆になれるのだから。

「でも、ぼくは最低だ……」

ぼくへの好意を利用して、気を失ってしまうほどつらい要求を強要した。

「そんなことはありません」

耳に届く生身の声と、ぼくの手に重《かさ》なる小さな手。

瞬《まばた》きの空白に、膝《ひざ》の上の猫が女の子になっていた。

「イツキさまがユキヒメを大切に想《おも》う気持ちは本物です。恋愛感情を失《な》くしているのに、ユキヒメのために一生懸命なのですから」

「ミント……」

「だからイツキさまは最低じゃないです。わたくしが保証します」

きゅっとミントに手を握られる。小さな手だ。けして強くはない少女の力で、けれど、たくさんの優しさがこめられていた。

「ありがとう、ミント」

天使に慰《なぐさ》められて、少しだけ心が軽くなった気がした。

頭にタオルをかぶせて彼女の金髪を拭《ふ》いてやる。猫耳は優しく撫《な》でてやる。

　小さな体から、かすかに雨の匂いがした。

　長い髪を拭《ふ》き終えるとミントが体をぼくに向ける。

「イッキさま、ユキヒメの林檎《りんご》はどこにあったのですか？」

　ぼくは静かに目を閉じる。雪姫《ゆきひめ》の肩越しに、最後に目にしたお尻《しり》を思い出す。

「なかったよ。――どこにも」

　天使の青い目が驚愕《きょうがく》に見開《ひら》かれる。

「な……そ、そんなはずはありませんっ」

「でも――なかったんだ」

　雪姫の体はくまなく確認した。四肢も胴体も首も額《ひたい》も前も後ろも全部。白木《しらき》雪姫の肌はまっさらだった。

「ですが、ユキヒメが林檎を食べたのは間違いありません」

「だろうな。ぼくもそう思う」

　美味《お》しいリンゴを食べたと言っていた。それから別人のように明るくなった。天界の林檎の影響を受けているのは確実だ。

「探せていない部分があるってことなのか？　……いや、そんなわけないよな。裸にまでしたんだし。まだ模様が浮かんでいないっていうのは？」

「それはないと思うのですが。ユキヒメに変化があってから数日が経《た》っていますし」

「個人差はあっても二日はかからないんだっけ」

見つからない片割れ。雪姫の肌にないリンゴの模様。ぼくとミントが途方《とほう》に暮れていると、悩ましげな吐息をもらした眠り姫がもぞもぞと身じろぎをした。

ミントが慌てて猫の姿に戻った直後、のそりと体を起こす雪姫。

ようやく目を覚ましたお姫様が、ぼんやりと瞬《まばた》きをする。

「……あれ……イツキ……くん？」

とろけた瞳がぼくをとらえ、やがてはっきりと意識を取り戻す。

「あれ、あれあれ、わたし――？」

寝起きの頬《ほお》が面白いほど見事に赤く茹《ゆ》で上がっていく。児童公園での記憶を再生しているのだろう。顔を真っ赤にしたまま、金魚のごとく口をぱくぱくさせていた。

「雪姫は公園のトイレで倒れたんだよ。雨宿りしてすぐに」

「え、すぐに……？」

「いきなり気を失うもんだから驚いたよ。背負ってここまで運んだんだ」

自ら服を脱いで肌を晒《さら》しただなんて意識したら、また倒れてしまうかもしれない。だからぼくは嘘《うそ》をついた。少し強引な方法だが、夢にしてしまうのが一番いい。

「そうなんだ……じゃあ、あれはユメだったんだ」

「夢って？」

「う、ううん！　なんでもない！　なんでもないの！」

ぶんぶんと手を振って慌てる。その様子にまた心が締め付けられる。今後、この子にはうんと優しくしようと心に誓った。

「ソウちゃんはいないの？」

「双樹《そうじゅ》は友達のところ。七時まで帰ってこないらしい」

テーブルの上に書置きがあったのだ。内容は『友達の家にいってきます。七時まで帰りません。いろいろがんばってください。妹より』だった。

「兄さんは期待に応えられそうもありません」

妹の期待に応えられそうもない兄はタオルを手にソファを立つ。

「雪姫《ゆきひめ》はとりあえず風呂に入ってこい。双樹のは小さいだろうから、着替えはぼくのシャツとジャージを貸してやる。下着は……わるいけどノーパンで帰ってくれ」

「ノーパンで!?」

「さすがにノーパンは抵抗があるか。なら洗濯するから、パンツが乾くまで家にいてくれてかまわない」

「う、ううん。帰る。ノーパンで一緒にいるほうが恥ずかしい」

乙女の基準により今後の方針は決まったらしい。ノーパンはともかく、まずは体を温めるのが先決だ。ソファに座るお姫様に手を差し出すと、素直に手を取ってくれた。

「お湯はもう張ってあるから。風呂場はわかるよな？」

「うん……あのね、イツキ君？」

居間の扉に手をかけた雪姫が振り返る。わずかに湿った髪先が尻尾《しっぽ》のように揺れた。

「のぞいたりしないでね？」

「ああ、誓って覗《のぞ》いたりしないよ」

男らしく誠実に答えたつもりが、なぜか寂《さび》しげに瞳をふせられた。

「……イツキ君のばか」

「なんで⁉」

「もう知らない！」

唐突にご機嫌《きげん》ななめなお姫様。悪口にしては控えめな、小さな罵倒《ばとう》を口にして、べーっと可愛《かわい》らしく舌を出した。

「……あ」

そう、舌を——

雪姫は小さな舌を——

「あああああああああああああっ⁉」

黄色いい、い、いリンゴの模様のつい、い、いた舌を——べーっとぼくに見せたのだ。

第四章 ❖ 微睡みホリデイ

ぼくの中学時代のジャージは、それでも雪姫《ゆきひめ》には大きかった。

上着の袖《そで》が余り気味で、ズボンの先は折り返してある。ぎゅっとジャージの裾《すそ》を押さえているのはノーパンを意識してのことだろう。湿り気を帯《お》びた前髪は雪模様のヘアピンで留められていて、お風呂上がりで上気した頬《ほお》が艶《つや》っぽい。

居間に戻ってきた幼馴染《おさななじみ》は、知らない女の子みたいで新鮮だった。

「お風呂ありがと。気持ちよかったです」

「それはよかった。髪を乾かしたら家まで送るよ」

「ううん、ひとりで帰るから。イツキ君もお風呂に入らなくちゃいけないし」

「ノーパンの女の子をひとりで帰せないだろ。意地でも送り狼《おくりおおかみ》になってやる」

「？　おくり……狼さん？」

ぼくの戯言《たわごと》に『はてな？』と首を捻《ひね》る雪姫。狼さんはむしろ襲いかかる側であり、送り狼とは家まで送り届けた女の子をぱくりと食べてしまう狼さんである。

「じゃあ、ぼくも風呂に入ってくるから待っててくれ」

「わかった。それならイツキ君の部屋にいてもいい？」

「ああ、部屋にはドライヤーもあるしちょうどいいな」

幼馴染と猫を連れて自室へ。明かりをつけてドライヤーを雪姫に渡し、自分の着替えを漁《あさ》ったぼくはそのまま浴室に向かう。最近は猫と風呂に入るのが日課になっていた。

猫がお風呂好きというのも変な話だけど、どうやらミントは湯浴《ゆあ》みが気に入ったらしく、風呂の時間になると「フンフンフーン」とテレビで覚えた歌を口ずさむ。

そんな猫の様子に笑いながら手早く服を脱ぎ捨てる。ミントの前では何度も全裸を晒《さら》しているので今さら股間《こかん》を隠すこともない。フルオープンで浴室に踏み込んだ。

熱めのシャワーで、顔と体、それから頭の順で洗っていく。

手ぬぐいで顔を拭《ぬぐ》い、視線を上げると、頭に猫耳をのせた金髪少女が立っていた。ぼくと同じく大事な部分を隠そうともしないフルオープンで。

「え、なんで人型になってるの？」

「次はわたくしが体を洗う番だからです。イッキさまに洗ってもらうのも気持ちいいのですが、同時に体力も消費するので体は自分で洗いたいのです」

「猫の手じゃ体は洗えないからな。でも疲れるのはミントがいちいち悲鳴をあげるからだ」

「イッキさまが激しすぎるのです」

「優しくしてるつもりなんだけど」

優しく愛《め》でているつもりなのだけど、ミントはもっとソフトなタッチがお好みらしい。

「まあ、最近はワイシャツのボタンも留められるようになったし、自分で体を洗えるようになってもいいかもな」

「では」

「まてまて。それは猫用のシャンプーだろう。その姿で体を洗うなら使うのはこっち。スポンジは……ぼくのでもいいか？」

「かまいませんよ」

そして数分後。手足はなんとか自分で洗ったものの、背中に手を伸ばしてせつなそうに唸《うな》るミント。その姿はとても愛らしく、しばらく眺めていたかったが、今夜は雪姫《ゆきひめ》を待たせてある。けっきょく体を洗うのも手伝う羽目になった。猫の時ほどぐすぐったがらなかったのは単に毛があるかないかの違いだろうか。ぼくにはちょっとわからなかった。

「ほら、髪も洗ってやるから腰掛《こしかけ》を使え」

腰掛に座らせ、後ろから髪をシャンプーしてやる。根元から毛先まで丹念《たんねん》に、長くてサラサラした金髪を泡の色に染めていく。

「ミントに質問。ディープキスって知ってるか？」

「舌をからめあう激しい接吻《せっぷん》のことですね。愛を確認するために行う大人のキスです。試してみたいのでしたら、わたくしとしてはやぶさかではないのですよ？」

「いやいい。光栄だけど遠慮する」

白木《しらき》雪姫にはたしかに模様が存在した。舌の上という想像もつかなかった場所に。林檎《りんご》を収穫するには赤く熟《じゅく》した模様にキスをする必要があるらしく、その条件がぼくを悩ませる原因だ。

「つまりぼくは、雪姫と大人のキスをしないといけないのか？」

「しないと林檎はひとつにならないのですよ？」

「どんな脅《おど》し文句だそれは……よし、お湯かけるぞー？　目をつむってろー」

泡まみれの頭にお湯をかけていく。耳にお湯が入らないよう気をつけながらシャンプーを洗い流していく。シャワーの熱さに天使は「ほう」と息をついた。

「体のどこかにあるとは聞いていたけど、まさか口の中にあるとは思わなかったよ」

「そうですね。わたくしも驚きました」

「雪姫は〝上手に気持ちを伝えたい〟って言ってた。その願いを林檎は叶《かな》えたんだろうな」

林檎を食べた少女の願いは滞りなく叶えられた。そうして気持ちを伝えるための舌、素直に話せる舌、緊張せずに喋《しゃべ》れる舌を雪姫は手に入れた。

「その願いがユキヒメを明るい女性にしたのですね。強い舌を手に入れたことが彼女に自信を与えたのです。その自信がイツキさまに想《おも》いを告げる勇気となったのでしょう」

髪を濡《ぬ》らしたミントが青い瞳を向けてくる。

「ユキヒメが伝えたかったのは、イツキさまへの恋心だったのですね」

「……そうかもな」

くしゃくしゃと天使の頭を撫《な》で回してやる。温かいシャワーを使い、わずかに残っていたシャンプーをしっかりと落としてやってから二人で湯船に浸《つ》かる。

温めに設定したお湯が身体に染み渡り、一日分の疲れをとかしていく。

ぼくに背中を預けるようにして体を落ち着けたミントが、甘い溜息《ためいき》をもらした。

「模様は見つかったわけだけど、これからどうするんだ？」

「今後は林檎《りんご》の〝栽培〟に移ります。林檎を収穫するには模様を赤くしないといけません。そのためにはより多くの栄養が必要になります」

果実が生《な》るためには栄養が必要。考えてみれば当然のこと。自身をより甘くするため、貪欲《どんよく》に養分を求めている。

「林檎の栄養って何なんだ？」

天使が顔をぼくに向ける。あどけない少女の表情。湖面のように澄んだ瞳が揺れた。

「天界の林檎の栄養は、宿主《やどぬし》たる少女の〝幸福な記憶〟です」

「幸福な記憶……」

「正確には林檎を食べた瞬間から蓄積《ちくせき》される幸福な記憶です。それ以前のものは栄養にはなりえません。力を失った林檎が熟すには膨大《ぼうだい》な魔力が必要となりますが、少女の中で育《はぐく》まれた記憶には、その魔力の元となる栄養素が多分に含まれているのです」

ミントが体を反転させ、その細い指先をぼくの胸にあてる。

「林檎が宿主《やどぬし》となった少女の願いを叶《かな》えるのも栄養を得るためです。叶えた願いの分だけ、幸福な記憶を育てることになりますから」

「栄養を吸収するために、幸福な記憶と引き換えに願いを叶える林檎か」

まるで悪魔の果実だと思った。恋愛感情を食べられたぼくにとっては尚更《なおさら》に。

「そういえば、お伽噺《とぎばなし》の白雪姫が食べたのは毒リンゴだっけ」

アダムとイヴが楽園から追放された原因もたしかリンゴのはず。食べてはいけない禁断の果実——物語に出てくるリンゴはその多くが曰《いわ》く付きで、天界の林檎も例外じゃない。どの物語にも引けを取らない、とびきり異端な〝リンゴ〟だろう。

「栄養は少女が帯《お》びる毒性にも関係があります。幸福な記憶で育った林檎は、負の感情を糧《かて》とする悪魔にとっては猛毒《もうどく》ですからね。悪魔はプラスのエネルギーを嫌うのです」

「だから少女《ユキヒメ》は悪魔に狙《ねら》われないのか。悪魔にとって幸福な記憶は毒そのものだから」

頷《うなず》いて、天使は両手を「んーっ」と体の前に突き出して伸びをする。

「林檎の場所は特定しました。あとは林檎を育てるだけです。そのためにはユキヒメに幸福を感じてもらう必要があります」

「それ、具体的な方法は？」

「彼女の望みを探すというのが得策かと。ユキヒメの林檎は既に黄色になっているそうなので、既に何らかの魔法が展開している可能性があります」

宿主の心がある程度満たされると林檎《りんご》の力もそれなりに成長する。そして力を得た林檎はこの世界にあるまじき奇跡を起こすという。

「魔法が発動しているのなら、むしろチャンスかもしれません。林檎の魔法は宿主の欲望や願望を具現化する場合が多いのです。どんな魔法が展開しているかが判明すれば、彼女の願いを推測できます」

「それを満たすことができれば林檎は成長して赤くなる。収穫も可能になるってわけだ」

「言い換えれば、異性の欲望や願望を覗《のぞ》き見る、ということにもなりますが」

「裸の次は心か……文字通り身も心もってことなのか」

失念していた。望みを知るということは、雪姫《ゆきひめ》の心を勝手に見るということなのだ。

「それに一つの望みを満たしても赤くなるとは限りません。どの程度の幸福量で林檎が熟《じゆく》すかは天使にもわかりませんから。ですからユキヒメに優しくしてあげてください。おそらくそれが収穫への近道です」

「それは天使の推測？」

いいえ、とミントが小さく首を振る。

「この世界のリンゴも愛情を注いだ分だけ美味《おい》しくなるでしょう？　天界の林檎もおなじです。優しく接してあげれば美味しくなります。イツキさまが優しくした分だけ、ユキヒメの林檎も甘くなります。イッキさまに食べてほしくて甘くなろうとするはずです」

そう言って天使はやわらかく微笑《ほほえ》む。

「リンゴも少女も、どうせ食べられるなら、優しくしてくれる異性《あいて》がいいでしょう？」

なんとも返答に困る天使の台詞《せりふ》に、ぼくはチョップで応えることにした。

◆◆◆

「……寝ちゃってるし」

「……寝ちゃってますね」

風呂から上がり自室へ戻ると雪姫はベッドで眠っていた。

「……くふ……くふふ……っ」

試しに頬《ほお》をつついてみると、うっすらと笑みを浮かべて短く声をあげる。頬をいじくられてくすぐったがる雪姫が子どもみたいで可愛《かわい》い。

「おもしろいな」

「ではわたくしも」

「肉球は勘弁してやれ」

さすがに起きるからと猫をなだめ、さてこのお姫様をどうしようかと思いつつ、とりあえず追加で頬をつついていたところをノックなしで入ってきた妹に目撃された。

「兄さんが――兄さんがユキさんをチョメチョメしてる！」

「ほっぺたつついてるだけだから。あとノックしろ」

双樹《そうじゅ》に散々からかわれたあと、けっきょくそのまま寝かすことにして白木《しらき》の家に連絡を入れた。電話に出たのはママさんで、

『あらあらユキちゃんたら。わかったわ。パパさんには伝えておくから、ユキちゃんをよろしくね』

事情を説明するとあっさり娘の外泊許可が下りた。早く孫の顔が見たいなんて世間話をされたけど、さすがに冗談だと思う。

「それで、ぼくはどこで寝ればいいんだろう」

「ベッドがないならソファを使えばいいじゃない」

圧政的《あっせい》なことを言いながらも毛布を持ってきてくれた妹に礼を言い、今夜は早めに休むことにする。

「今夜は人型禁止だからな」

「しかたありませんね」

その日、ぼくは居間のソファで猫を抱きながら眠ることになった。

×××

翌朝、ぼくは雪姫《ゆきひめ》と一緒に白木《しらき》家を訪れていた。

雪姫は昨日と同じスカートとブラウスを着ている。雨で濡《ぬ》れてしまった雪姫の服を双樹が洗濯してくれたらしい。

「おかえりなさい。それから、いらっしゃい」

犬小屋から出てくることさえない門番の脇《わき》を素通りして玄関までたどり着くと、エプロンをつけたママさんが素敵な笑顔で出迎えてくれる。

「……ところでユキちゃん、お泊まりはどうだった？　何か進展はあったのかしら？」

「……進展はなにも。お風呂に入ったあと、すぐに寝ちゃったから」

「……あらあら。それは残念ね。でもだいじょうぶよ。チャンスはいくらでもあるわ」

お互いの耳元で囁《ささや》き合う親子。ママさんが若すぎて姉妹《しまい》のじゃれ合いにしか見えず、内緒話のつもりらしいが内容がすべて聞こえている。ぼくは聞こえないフリをする。

「ふたりとも、今日も居間にします？　それともユキちゃんのお部屋がいいかしら？」

「あの、それなんですけど、居間にお邪魔してもいいですか？」

「いいわよ。だったらパパさんには別のお部屋にいってもらいましょうか」

「いいえ、パパさんとママさんにもいてほしいです。大事な話がありますから」

「あらあら。大事なお話だなんて、ママさんどきどきしちゃう」

頰《ほお》に手をあて、どきどきしちゃってるママさんに連れられて居間にお邪魔する。そこには庭に面した窓を開《あ》け放ち、足を投げ出して新聞を読むパパさんの背中があった。

「パパさん、おはようございます」

「……ああ。おはよう一樹《いっき》君」

アイサツはそれだけ。振り返りもしなかった。パパさんは寡黙《かもく》である。雪姫《ゆきひめ》とはまた違った意味で口数の少ない人なのだ。

それからぼくは熱い日本茶と和菓子をごちそうになった。猫舌のミントは水と、朝食の残りだという鮭《さけ》の切り身を頂いた。

パパさんは新聞を広げたまま動く気配がなく、パパさんの傍《そば》に湯飲みを置いたママさんは、そのまま寄り添うようにパパさんの隣にちょこんと座っている。

「雪姫に頼みがあるんだ。ママさんとパパさんにも聞いてほしい」

雪姫はコクリと頷《うなず》く。ママさんは楽しそうににこにこ笑っていて、パパさんは手にしていた湯飲みを床に置いた。

「雪姫に、しばらくぼくの家に泊まってほしい」

「え?」

「あらぁ」

「……ふむ」

ぽかんとする雪姫。楽しそうなママさん。やっぱりよくわからないパパさん。三者三様の反応が返ってきた。家族なのにぜんぜん似てない人達《たち》である。

これは昨晩、ソファで猫を抱えながら考えた作戦だ。雪姫の林檎《りんご》がいつ成長するかわからない以上、なるべく一緒にいるのが望ましい。雪姫の花神《はながみ》家宿泊は最高の条件である。

「雪姫は嫌か？」

「いやじゃない！　うれしいです！」

「あらあら。ユキちゃんたら大胆ねぇ」

嬉《うれ》しそうなママさんの台詞《せりふ》に、雪姫の頰《ほお》がかあっと赤くなる。

「今はゴールデンウィークだし、今日からじゃだめか？」

「だめじゃない。今から行きます。……でもいいの？　ソウちゃんは？」

「もう許可は取ってある。雪姫を招くって言ったら喜んでた。双樹《そうじゅ》は雪姫が大好きだからな。あいつの話し相手になってやってくれ」

あの子は兄に合わせて馬鹿な話にも付き合ってくれる。でも、女の子どうしのほうが気兼ねなく話せることもたくさんあると思う。

「ママさん、雪姫をお借りしてもいいですか？」

「もちろんよ。ママさん、孫は男の子がいいわ」

このタイミングで孫の話をする謎《なぞ》は迷宮入りにしておくとして、ママさん的に娘の外泊はオッケーらしい。

「パパさん、雪姫《ゆきひめ》をうちで預かってもいいでしょうか?」

「……問題ない」

相変わらず声に起伏がなくて、具体的に何が問題ないのかわからなかったものの、パパさん的にも雪姫を連れていっていいらしい。

こうして、両親公認で雪姫のお泊まりが決定した。

◇◇◇

白木《しらき》家でお昼までご馳走《ちそう》になり、宿泊の準備を整えた雪姫と花神《はながみ》家に戻ると、奥からタタタと軽快な足音がやってくる。

「おかえりなさい。そ・れ・か・ら・うぇーるかむ!」

ツインテールで紺色ジャージの女子中学生が廊下からダイブを決行。勢いよく抱きついて雪姫を驚かせた。

「いらっしゃいユキさん! ゆっくりしていってくださいな」

「お、お世話になります」

「双樹《そうじゅ》、とりあえず部屋に案内するから離してやれ」

「おっけー兄さん。ユキさん、あとでたくさんお喋《しゃべ》りしようね？」

ハイテンションな双樹との交流を終え、一階の客間に雪姫の荷物を下ろす。

花神家にいる間、雪姫にはここを使ってもらうことになる。

「荷物を広げたりしたいだろうから、ぼくは居間にいくよ。落ち着いたらきてくれ」

「ん、わかった。バッグ、持ってくれてありがと」

雪姫からお礼と笑顔を受け取って客間を出る。

リビングには先ほどのジャージではなくスカート姿の妹がいた。ソファに体育座りして携帯をいじりながら紙パックの野菜ジュースをちゅーちゅーしている。

「……双樹ちゃん、パンツが丸見えですよ」

「あ、いけないいけない。ジャージじゃないんだった」

たいして慌てた様子もみせず普通に座りなおす妹。どうにもこの子は防壁《ガード》が甘くて心配だ。むしろ防御《ガード》するという概念《がいねん》がないのが心配だ。

「兄さんはいいけど、他の男の前でパンチラするなよ。双樹は可愛《かわい》いから心配だ」

「ふふ。なんだかんだいって優しい兄さんがボクは大好きだよ」

「兄さんも双樹が大好きだよ。おめかししてるってことは、どこかに出掛けるのか？」

「これから友達と映画。そのあとショッピング。ゴールデンウィークの日曜日だしね。ボクだってたまにはうんと羽を伸ばしたい。兄さんたちは、今日はデートしないの？」

「昨日はずいぶんはしゃいだからな。今日は大人しく家にいるよ」

「そっか。ボクも六時くらいには帰ると思うけど、夕食はユキさんに作ってもらいなよ。きっと喜んで作ってくれるから」

「そうだな。頼んでみるよ」

「お邪魔な妹もいないし、ユキさんとイチャイチャしほうだいじゃん。それとも、もう少し遅く帰ったほうがいい？」

「そういう気の遣い方はもっと大人になってからな。とにかく楽しんでこい。友達、そろそろくるんだろう？」

「そうだね。噂《うわさ》をすれば……もう家の前にいるみたい」

いじっていた携帯を閉じて、紙パックを手に双樹《そうじゅ》が立ち上がる。

「お泊まりの計画、兄さんにしては上出来だと思う。せっかくのお泊まりなんだから、妹に言えないふたりだけの秘密を作るのもいいかも？」

「心配ない。進展はしちゃう予定だから」

「それでこそボクの兄さんだ。ガンバル兄さんにこれあげる。それじゃ、いってきます」

飲みかけの野菜ジュースを兄に預けて双樹は意気揚々《いきようよう》と出掛けていった。

受け取った紙パックには中身が半分ほど残っていた。ストローをくわえてみる。野菜というか、フルーティな液体がのどを潤してくれた。

「ソウジュと間接キスですね」

「兄妹《きょうだい》だからノーカウントだ」

ジュースを飲み干したぼくは猫を抱き上げ、耳やらノドやらを撫《な》で回す。

それにも飽きてミントを抱いたままソファに仰向《あおむ》けになった。テレビもつけない休日の午後。こうして無為《むい》に時間をやり過ごすのは、何だか久しぶりな気がした。

「……なんか、ちょっとだけ眠いな」

疲れているのだろうか。無理もないと思った。最近は、いろんなことがありすぎたから。

気だるい疲労感が眠気となって体に充満していく。

ゆっくりと、視界と共に閉じていく意識。

モノクロな静寂《せいじゃく》の中にかすかな色を感じた。

居間の戸が開《あ》いた音と、息を殺して近づく誰《だれ》かの気配。

静かな気配の所有者が小さな声でぼくの名前を呼ぶ。

ぼくは薄目を開けて、寝そべったまま優しい声の主を探し出す。

「イツキ君……もしかして寝ちゃった？」

「うんにゃ、起きてる」

もうすこしで寝ちゃうとこだったけど、と心の中で付け加えておく。

ぼくは体を起こし、抱いていたミントを解放した。

「ソウちゃんはどうしたの？」

「友達と映画。せっかくの休日だからって張り切ってたよ」

「そうなんだ。となり、いい？」

頷《うなず》くと、猫を挟んで右隣に座る雪姫《ゆきひめ》。彼女の手がミントの体を優しく撫でた。

「六時には帰ってくるってさ。そうだ雪姫、今日の夕食なんだけど、雪姫が作ってくれないか？　泊まってくれって言い出しておいて、こんなこと頼むのもおかしいけど」

「ううん。そんなことないよ。泊めてもらうんだから、そのくらいはさせて」

休日のリビング。天候に恵まれ、差し込む光がぽかぽかと気持ちいい。ぼくらの間に会話はなく、今は猫も喋《しゃべ》らない。その猫は雪姫の膝《ひざ》の上でまるくなっている。

声も音もなく、透明な時間だけがこぼれ落ちていくようだった。

「テレビでも観《み》るか？」

「ううん。……いまはいい」

「ぼくたちも、どこかに行くか？」

「イッキ君はお出掛けしたいの？」

「昨日はプールではしゃぎすぎたから、今日くらいはゆっくりしたいかな」

「私もね、今日はこうしていたいの」

雪姫はそう言って、胸に抱き寄せた猫の頭にあごを乗せる。ミントは「どうとでもしてください」という風に目を細めている。

「雪姫は、ぼくにしてほしいことってある？」

「してほしいこと？」

「肩を揉《も》んでほしいとか、買い物に付き合ってほしいとか、そういうの。ぼくにできることなら叶《かな》えてやるよ」

雪姫がどんな願いを叶えたいのかはわからないけれど、幸福を感じることが林檎《りんご》の解放に繋《つな》がるなら、この子を幸せで満たしてやりたい。

「じゃあね……ひざまくら。ひざまくら、してほしいです」

「それくらいならお安い御用だ。いくらだってしてやる」

「ほんと？　いますぐ？」

「もちろん。ほら」

ぱんぱんと膝《ひざ》を叩《たた》くと、ぱあっと顔を輝かせる。

雪姫が猫をソファに下ろして、おずおずと体を近づけてくる。距離に比例し鮮明になっていく甘い匂い。嗅《か》ぎなれているはずの彼女の匂いが、ふわりと鼻をくすぐった。

「じゃあ……お借りします」

頭が乗せられる。顔がテレビのほうを向いているから表情はわからない。綺麗《きれい》な髪を撫《な》でてやると、こわばっていた体が安心したように弛緩《しかん》する。

「……ねえ、イツキ君？」

甘えるようにぼくの名前を呼んで、猫がノドを鳴らすように短く笑う雪姫《ゆきひめ》。

「なんだか不思議な感じ。いつもと同じなのに、どこか違うの。最近は、何だかとっても楽しくて、嬉《うれ》しくて、満たされてる」

そう言って、くすぐったそうに身をよじる。

「私ね……いま……すごく、しあわせ……」

言葉は次第に細くなって、いつしか吐息に変わってしまった。

名前を呼んでも返事はなくて、規則正しい呼吸が華奢《きやしや》な肩越しに伝わってくる。

「……寝ちゃったか」

強くしないように頭を撫でる。

「そういえば、最近の雪姫はよく眠ってるな」

思えば昨日もそうだった。公園のトイレで裸になったあと糸が切れたように倒れたし、風呂上がりにぼくのベッドで夢の世界へと旅立っていた。

学校でも、休み時間に机に突っ伏していることが多くなった。

「林檎《りんご》を食べた代償なのかもな。ぼくが恋愛感情を食べられたように、雪姫は時間を奪われてるんだ。夢を見ている時間が多くなって、起きてる時間が少なくなった」

林檎の力で明るく振舞《ふるま》うことができても、それは本来の白木《しらき》雪姫ではない。だから負荷《ふか》がかかる。心に負担がかかるから、すぐに疲れて眠ってしまう。

「……このまま目覚めなくなるなんてこと、ないよな」

雪姫の起きている時間が短くなっている気がした。

眠りに就《つ》くまでの間隔が狭《せば》まっていってるような。

「明るい性格を維持《いじ》することで心を消耗し続けて、どんどん起きてる時間が減って、そのまま帰ってこなくなったりしないよな？」

さながら童話の白雪姫のように。林檎を食べたことで、永遠の眠りに囚《とら》われてしまったら――そんなことを考えて不安になってしまう。

「大丈夫ですよ。そんなことにはなりません。天使であるわたくしがいるのです。そして、イツキさまがいるのですから」

「……ああ、そうだな」

雪姫の頬《ほお》にふれる。雰囲気が変わっても、変わらない体温に何だか安心した。

彼女は変化を願った。自分を変えたいと願うこと、変化を望むことに罪はない。けれど魔法に頼るのはだめだと思った。それは雪姫が自分の力で叶《かな》えるべき願いだから。

雪姫の心は、望んだ性格と引き換えに綻《ほころ》びが生まれ始めている。

その亀裂《きれつ》は成長し続けて、いつか彼女を壊してしまうだろう。

ぼくは雪姫《ゆきひめ》を救いたかった。たとえ彼女の願いを否定することになったとしても。

「……しあわせ、か」

雪姫が寝付く直前に、言葉が吐息に変わる前に呟《つぶや》いたことを口ずさむ。

ぼくの幸せは何だろう。ぼくにも、林檎《りんご》に願ってまで手に入れたい望みがあるのだろうか。欲しいものはたくさんあるはずなのに、願いごとと言われてもぴんとこない。

「でも――」

この子に「しあわせ」と言ってもらえた瞬間は、本当に嬉《うれ》しかったんだ。

〓

それはとある雪の日のことだった。

小学一年の冬。街にはうっすらと雪が積もり、吐息も凍るような放課後。

ブランコしかない小さな公園で、二枚の葉のついた雪玉を手に、きょろきょろと辺りを見渡す女の子がいた。前髪で額《ひたい》と目を隠してしまっている女の子。

赤いコートを着たその子は、何かを探しているようだった。

「こんにちは。はじめまして。なにしてるんだ?」

「……………」

女の子はおずおずと顔をあげた。隠れて見えない瞳がぼくをとらえて動かない。

うんともすんとも言わない女の子。けれど、ぼくはしばらく待ってみた。

そしたら小さな声で、とてもゆっくりな喋《しゃべ》り方で、たどたどしく話し出した。

赤い目を探しているの。でも見つからないの、と。

それで女の子の手にしていた雪玉の正体がわかった。

それはきっと雪兎《ゆきうさぎ》。二枚の葉っぱは兎の耳だったのだ。

女の子は、兎の目を探してる女の子だった。

ぼくはちょうどリンゴ味のグミを持っていて、その子にあげたんだ。

リンゴ味のグミは赤いから、兎の目にぴったりだった。

女の子は小さく、けれど嬉《うれ》しそうにお礼を言って、新しく雪を固めだした。

「また作るのか？」

「……うん。あと、六匹。ぜんぶで七匹、つくるの」

「七匹も？　どうして？」

「……七匹つくったら、願いが叶《かな》うって、クラスの子が言ってた、から」

「ふうん。なんだか龍玉《タツタマ》みたいだな」

「……タツ、タマ？」

「七個集めると願いを叶えてくれるボールの話。人が空を飛んだり、手からビームを出したりするんだ。知らないか？」

「……しらない」

話してる間も、女の子はその子は手を休めない。

「手のひら、冷たくないのか？」

「……へいき」

女の子は手袋をしていなかった。最初はつけていたけど、すぐにびしょ濡《ぬ》れになってしまったらしい。雪みたいに白い指が、すっかり赤くなってしまっていた。

「ぼくはハナガミイツキっていうんだ。イツキって呼んでくれ」

「……わたしは、シラキユキヒメ、です」

「白雪姫？」

「え、ちがっ……ユキヒメ、だから」

「ユキヒメ。ユキヒメか。じゃあユキヒメ、ぼくも兎を作るの手伝うよ」

ぼくはそもそも手袋をしていなかったけど、かまわず雪をかき集めた。

「……いいの？」

「もちろん」

「……ありがとうっ」

やっぱり瞳は前髪で隠されたまま、それでも小さな花弁のような唇《くちびる》が、はっきりと笑顔を教えてくれた。


目が覚めると、部屋の光が薄くなっていた。それは夢の景色だったと思い出す。

ぼんやりと霞《かす》む視界の中にウサギを探して、窓がすこし開《あ》けられていて、涼しい空気が風が頬《ほお》を撫《な》でるから意識をそちらに向ける。窓がすこし開けられていて、涼しい空気がカーテンを揺らしていた。頭を預けて眠っていたはずの幼馴染《おさななじみ》の姿はなく、ぼくの膝《ひざ》には体を丸めた黒猫が一匹。ミントブルーの瞳でぼくを見上げていた。

「お目覚めになられたのですね」

「……ぼくも寝ちゃったらしいな」

「ええ、ぐっすりと」

「雪姫《ゆきひめ》は？」

「お買い物にいかれましたよ。わたくしに〝イッキ君を見ててね〟と言付《ことづ》けて」

そういえば夕食を作ってほしいと頼んでいた。余り物で適当に作ってくれてもよかったのに、わざわざ食材を調達しに出掛けたらしい。

「ぼくはどのくらい寝てた？」

「二時間ほどでしょうか。ユキヒメが眠ってすぐにイッキさまも」

「そっか。昼寝にしてはちょっと寝すぎたな」

中途半端に長く寝ていたせいか頭がぼんやりしている。ずっと座ったままでいたのでお尻《しり》が悲しい痛みを発していた。

「昔の夢を見てたんだ。雪姫《ゆきひめ》と初めて出会った冬の日のこと」

それは遠い日の記憶。幼馴染と出会った瞬間の光景。

「すっかり忘れてしまっていたのにな」

十年という月日は重い。重《かさ》ねたページが古いほど、重みでかすれておぼろげになる。

「でも、はっきりと思い出したんだ」

雪姫にふれながら眠っていたからだろうか。忘れていたはずの時間を鮮明に思い出した。

「小学校にあがって最初の冬だった。学校の帰り道、気まぐれにいつもと違う道を通ったんだ。そしたら小さな公園で雪兎《ゆきうさぎ》の目玉を探してる女の子がいた。叶《かな》えたい願いごとがあるから、七匹の兎を作るって言って」

「願いを叶える七匹の雪兎……そのような話は聞いたことがないです」

「たぶん、本か何かのおまじないだったんだろうな。その女の子が雪姫なんだけど、クラスの子が話していたのを聞いたらしい」

「ユキヒメは同級生に騙《だま》されたということですか？」

「そうじゃないよ。おまじないはおまじない。七つ集めたら願いが叶うとか、学校の七不思議とか、子どもはそういう話が大好きなんだ」

大好きで、嘘《うそ》だとわかっていても夢中になれる。どんなにくだらないことでも熱中できる好奇心。そういう真っ白な時期がぼくや雪姫にもあったんだ」

「ぼくは雪姫を手伝うことにした。赤い実の代わりに、ぼくが持っていたグミを使って七匹のWを作った。それで、どんな願いごとをするのか訊《き》いてみたら、もう叶《かな》ったたって言うんだよ。……いや違うな。違った。雪姫は〝また会ってくれたら叶う〟って言ったんだ」

ああ、と何かに納得したように猫は頷《うなず》いた。

「雪姫と一緒にいるようになったのはそれからだ。クラスが違ったからお互いのことを知らなかったんだけど、すぐに同じ小学校だってわかって、一緒に通学するようになった」

口数が少なくともからかうと頬《ほお》を染めてくれるし、冗談を言えば笑ってくれる。そんな女の子と過ごす日々はとても楽しかった。

「すっかり忘れてたんだけどな。どうして今になって、あんな夢を見たんだろう」

「天界の林檎《りんご》を食べた影響かもしれませんね。イツキさまの中の片割れが、ユキヒメの記憶に反応したのでしょう。これは、我々にとって大きなアドバンテージになりえます」

「アドバンテージ？　有利ってこと？」

「イツキさまは、宿主《やどぬし》である少女の夢を読み取ることができるということです。うまくすればユキヒメの願いを知るキッカケになるかもしれません」

「具体的な方法は？」

「状況を再現するのが最も有効かと。ゼロ距離で、体を触れ合わせての睡眠。おそらくそれが〝条件〟です。そこで天使からの提案があります」

「嫌な予感しかしないけど、言ってみ？」

「今夜はユキヒメと寝てください」

「予想通りの発言をありがとう」

幼い少女の声色で黒猫がした提案は、またもや難易度の高い人生の試練だった。

「同じ寝床で体を重《かさ》ねて眠りにおちれば、再び林檎が彼女の記憶に反応するかもしれません。これはユキヒメの願いを知るチャンスです」

「言いたいことは理解した。得られるかもしれない利益も、その重要性もわかった。しかしそれにはひとつの問題がある」

「なんでしょうか？」

「どうやって雪姫《ゆきひめ》をベッドに誘《さそ》うんだ？」

「服を脱がせた時のようにお願いすればいいのでは？」

「やっぱそれしかないんだな……」

服を脱がせるのとは別の意味でハードルが高い。女の子をベッドに誘う口実って、どんな言い回しをしたところで性的な要求にしか聞こえない。

「しかも今回は双樹《そうじゅ》だっているわけだし。いろんな意味で言い訳がきかない」

兄さんが部屋に女子を連れ込んで大人の階段を駆け上ってる——なんて電話を妹が親にかけかねない。

「あ、双樹も合わせた三人で川の字に寝るっていうのは？　それなら間違いも起きないし、間違った誤解も生まれない」

「それは確実ではないですね。睡眠中にソウジュにふれてしまったら、そちらの記憶に反応する可能性があります。ソウジュは宿主《やどぬし》ではないので可能性としては低いですが、万全を期すのであればユキヒメとふたりきりが望ましいかと」

「……唯一の退路《たいろ》が断たれてしまった」

ぼくの苦悩《くのう》を知ってか知らずか、表情の読めない猫の耳が唐突にぴくりと動く。その小さな顔を玄関のほうへ向けた。

「ユキヒメが戻られたみたいです」

「心の準備ができていないんだけど」

「今すぐに誘《さそ》う必要はありません。夜が更けるまで機会《タイミング》はいくらでもあります」

「それ、逆に言えば夜までが制限時間《タイムリミット》ってことじゃん」

猫との密談はここで一時中断。

静かに戸が開《あ》けられ、入室してきたのは綺麗《きれい》な肌を持つ小柄な女の子。桃色のシャツとジーパン姿で、前髪をヘアピンで留めた彼女はスーパーの袋を手にしていた。

「おかえり、雪姫《ゆきひめ》」

「ただいま。イッキ君も起きたんだ」

「ん、ついさっきな。雪姫は買い物にいってたんだな」

ぼくは膝《ひざ》の猫をソファに置いて席を立つ。行き先は雪姫の真前《まんまえ》。

頭ひとつは低い位置から大粒の瞳でぼくを見る幼馴染《おさななじみ》の、その頭にぽんと手を置く。そしてぐりぐりとつむじを弄《いじ》くってやる。食材の詰まったビニール袋がガサガサと騒いだ。

「い、イッキ君？　どうして頭をぐりぐりするの？」

「なんとなく。それで夕食の献立は？」

「ハンバーグだよ」

「まじか!?　さすが雪姫」

「えへへ。イッキ君はハンバーグが大好きだもんね」

過去とか夢とか林檎《りんご》とか、女子をベッドに誘う口実だとか。色々と諸々《もろもろ》な問題はとりあえず先送りにして。

せめて雪姫のハンバーグを食べるまでは、この温かな時間を噛《か》みしめたかった。

「わりとどうでもいい話なんだけど、兎《うさぎ》は一羽二羽って数えたりするよな。鳥でもないのにどうしてだと思う？」

「そういえばどうしてだろうね。……あ、耳が羽みたいだからかな？」

「いい読みだ。諸説《しょせつ》あるけど、その昔、お坊さんは獣の肉を食べることを禁止されていたらしい。そこで彼らは兎の耳を羽に見立てて、鳥と偽って食べていたって話だ。つまりルールの隙間《すきま》を突いたわけだな」

「へえ。そうなんだ」

「まあ確実な説ではないらしいけど。二匹の兎を鵜《う》と鷺《さぎ》だと言い張って食べたとかいう話もあるし、単純に耳が羽に見えるからって話もある」

「昔の人はへりくつが好きだったのかな」

「大好きだったと思うぞ。日本の昔話はだいたい屁理屈《へりくつ》でできてる」

我ながら前置きの通り本当にどうでもいい話である。

いきなり兎の数え方を講義してしまったのは子どもみたいな照れ隠し。自前のエプロンを身につけて台所に立つ雪姫が反則なくらい魅力的だったから。

「今日の夕飯は牛のお肉だけど、イツキ君は兎が食べたいの？」

「いや別に。そもそもスーパーに兎は売ってないだろ」

「よかった。兎を食べたいって言われたらどうしようかと思った」

「そういう時は普通に無理って言えばいいんだ」

「そうだけど。イッキ君の頼みなら、なるだけ聞いてあげたいの」

健気《けなげ》なセリフにきゅんときた。実際にぼくの頼みを受け入れてパンツまで脱いでくれた女の子が言うものだから破壊力が半端ない。思わず抱きしめたくなる。

「雪姫《ゆきひめ》さん、カオ真っ赤だぞ」

「じ、自覚はあるの！」

調理をしながら可愛《かわい》い声をあげる雪姫。林檎《りんご》を食べたことで明るく振舞《ふるま》ってはいても、芯の部分は変わらないらしい。恥ずかしがりやの本性が時おり顔をのぞかせる。

「それにしてもいい匂いだな」

香ばしい匂いに刺激され、ぼくのお腹《なか》が盛大に空腹を主張した。あまりに見事な音に雪姫がクスクスと笑う。

「お腹へったんだね。ハンバーグ、もうすぐ焼きあがるよ」

「なら、ぼくは食器の準備をするよ」

焼きあがったおかずが皿に盛りつけられ、あらかじめ用意されていたレタスのサラダは大皿にまとめて盛られた。味噌汁《みそしる》はシジミ。ご飯にハンバーグにサラダに味噌汁という豪華な夕食がテーブルに並んだ。

「猫ちゃんには調味料なしのお肉をあげるね。まだちょっと熱いけど」

「大丈夫だ。この猫、冷めるまでちゃんと待つから」

　グラタンで猫舌を焼いて以来、熱いものには慎重になったミントである。

「それじゃ、いただきます」

　まずはシジミの味噌汁《みそしる》をすする。

「……うまい」

　シジミの出汁《だし》がこれでもかと滲《にじ》み出ていて、あっさりとした白味噌《しろみそ》との素敵なコラボレーションを披露してくれる。

「それ、前にソウちゃんに教えてもらったの。イッキ君が好きだからって」

「ずばり、ぼくのために？」

「うん。イッキ君に食べてほしくて」

　雪姫をからかったつもりだったのに、ぼくの頬《ほお》が熱くなってしまう。

「ハンバーグはお母さんの直伝なの。白木《しらき》家特製の和風ハンバーグ。食べてみて」

「お、おう」

　箸《はし》で切り分けて口に運ぶ。味付けはあくまでシンプルに。それが肉本来の味を引き出している。噛《か》みしめるたびに濃厚な肉汁がほとばしり、焼かれた挽《ひ》き肉《にく》と相まってとろけるようだった。

「……どう？」

「めちゃくちゃ美味《うま》い！」

「よかった。今日はいつもより上手にできた気がしたの」

「これはお礼しないとだな。膝枕《ひざまくら》はしちゃったけど、他にしてほしいこととかある？」

まだまだ『雪姫《ゆきひめ》に優しく計画』を実行中なぼく。こつこつと積み上げることで目標は結果に変わっていく。言い回しが無理やりなのはこの際スルーの方向で。

「それなら、あーんていうの、してみたい」

「ああアレか。カップルがやるアレか。あの伝説の……アレはすごい恥ずかしいな」

「……だめ？」

「いいよ。雪姫がぼくに食べさせてくれ」

「じゃ、じゃあ……」

雪姫が箸で自分のハンバーグを一切れつまみ上げ、左手を添えながらぼくの口元に差し出して、にこりと笑顔で「はい、あーん」と伝説の台詞《せりふ》を口ずさむ。

「うわあ……これは思った以上に恥ずかしい」

「わ、私も……こんなに恥ずかしいなんて思わなかった」

しかも、猫が興味津々といった顔でこっちを見てるし。

「でも、やると言った以上は最後までやろう」

「う、うんっ、じゃあ……あーん」

覚悟を決めて口を開《あ》けると、雪姫がゆっくりと肉を入れてくれる。

親鳥にエサをもらう雛《ひな》の気分を味わった。雪姫の手作りハンバーグは、羞恥《しゅうち》と緊張の最中にあっても美味《びみ》だった。

「……うわぁ、何かとてもイケナイものを見てしまった気分」

呆《あき》れと感心が混じった声に振り返ると、私服姿の妹が立っていた。

「ちょ⁉　おまっ、いつからそこに？」

「ユキさんが〝はい、あーん〟って頑張ったあたりから？」

「つまり一部始終じゃん⁉」

「なんということでしょう。兄さんとユキさんがバカップルしてた」

「誤解だ！」

「誤解もなにも目撃しちゃったから。今時あんな風にいちゃつく男女が実在するなんて思わなかった。都市伝説級の衝撃映像だってば」

「そこまで⁉」

雪姫は顔を真っ赤にして硬直《フリーズ》してる。恥ずかしがりやの女の子には、双樹《そうじゅ》に見られたショックが膨大《ぼうだい》すぎたらしい。

「そうだ、双樹は夕飯食べたのか？」

「あきらかに話題を逸《そ》らそうとしてるけど、まあいいや。夕食は友達とすませてきた。ボクの次の予定はお風呂だよ」

「風呂なら兄さんが洗ったぞ。お湯も入れてある。一番風呂に浸《つ》かってきたらどうだ？」

「うんにゃ。まだいいや。今夜はユキさんと一緒に入るから」

「——え、私？」

双樹《そうじゅ》に名前を呼ばれて、硬直していた雪姫《ゆきひめ》がようやく我に返る。

「背中とか流してあげますから、兄さんと他にどんなことしたか教えてくださいね」

「ええっ⁉　は、恥ずかしいよ！」

それから食事を再開し、双樹の映画感想を聞きながら先に食べ終えたぼくは、ミントが食べ終わるのを待って居間を出た。

「イツキさま？　先ほどの〝あーん〟とやらにはどのような意味が？」

「聞かないでくれ。そしてさっき見たことはすべて忘れるんだ」

「いえ、簡単には忘れられそうもない不思議な光景でしたので」

「そういう時は嘘《うそ》でもイエスと言えばいい。そういうちょっとした気遣いが人間関係を円滑にするコツなんだ」

「天使と人間の関係も？」

「もちろん」

「わかりました。先ほど目にしたことは忘れることにします」

「物わかりのいい猫は大好きだ」
従順な猫を引き連れて向かうは浴室。双樹と雪姫の勧めで、一番風呂はぼくが頂くことになったのだった。

風呂から上がり、脱衣所で着替えをすませると、ぼくの携帯にメールが届いた。
差出人は白木《しらき》雪姫。件名はなし。首を捻《ひね》りつつも中身を確認してみる。
文面は『今晩、いっしょに寝てもいいですか？』という、願ってもみない申《もう》し出《で》。
返信の内容は、もちろん決まっていた。

◆◆◆

見慣れた女の子の、見慣れないパジャマ姿。
いつにも増して大人しい幼馴染《おさななじみ》を、結ばれた唇《くちびる》ごと毛布の中に閉じ込めた。
明かりを落として、カーテンも引いたから、この部屋はお月様だって覗《のぞ》けない。
暗さに慣れた目が、横になった雪姫の顔をぼくに見せてくれる。
なるべく体を寄せ合って眠らなくてはいけないという、天使の言葉を思い出す。
「ぎゅってしてもいいか？」

「うん……ぎゅってして？」

華奢《きやしや》な女の子の、細い腰に腕をまわして抱き寄せる。小柄な体は、すっぽりとぼくの腕に収まった。

おずおずと雪姫《ゆきひめ》の腕がぼくの背中にまわされる。

ぼくの胸に彼女の顔が、そのすこし下に彼女の胸が押し付けられる。女性特有のやわらかさ。幼馴染《おさななじみ》の胸部が控えめながらも女の子を主張する。

ほのかに香るシャンプーと、女の子の甘い匂いがくすぐったい。

「痛くないか？　苦しかったりしない？」

「へいき。もっと強くしてもいいよ」

要望通り、片手で強く頭を胸に引き寄せた。耳をかすめて落ちていく髪と共に頭を撫《な》でてやると、雪姫がとろんと目を細める。

「それ、すごく気持ちいい。イッキ君の手、あったかくて好き」

「雪姫は低体温だからな」

「好きで低いわけじゃないもの」

拗《す》ねたように言う。彼女が声を奏《かな》でるたび、熱い吐息が胸にかかる。

「だけど、いきなりメールがくるから驚いたよ」

「すごく勇気が必要だったの。メールを出すのも、とっても恥ずかしかった」

「なら、どうして一緒に寝ようなんて？」

「せっかくのお泊まりだし、もっとイツキ君といっしょにいたかったから」

ぼくが雪姫を誘《さそ》う理由を探していたように、この子もふたりで過ごすためのキッカケを探していたんだ。雪姫の気持ちが嬉《うれ》しくて、心に日溜《ひだ》まりができているようだった。

「メール作戦はソウちゃんが考えてくれたんだけどね」

「あいつ、半分は面白がってるだけだからな」

雪姫と寝床を共にするにあたり、妹に散々からかわれたのは言うまでもない。

ただ、もう半分は本気で応援してくれているから憎めない妹なのだった。

ちなみに黒猫《ミント》は双樹《そうじゅ》の部屋にいる。雪姫は悪魔にとって毒リンゴなので、ぼくが彼女といる間は護衛の必要はないとのことだった。

だから今夜は、本当にこの部屋で雪姫とふたりきり。

「雪姫、ひとつ訊《き》いてもいいかな？」

「なに？」

「今日さ、夢を見たんだ。昼寝をしながら昔の夢を見た。雪兎《ゆきうさぎ》を作った冬の日の夢。初めてぼくらが出会ったあの日、公園で作った七匹の雪兎に、雪姫は何を願ったんだ？」

雪姫は何かを確かめるようにじっとぼくを見つめたあと、困ったようにわらった。

「それは——ヒミツ。乙女の秘密です」

「そっか。乙女の秘密か」

「だから男の子のイツキ君には言えません。でも、雪兎《ゆきうさぎ》にしたお願いはちゃんと叶《かな》ったの。あの時の願いごとは今でも叶ったままで、私のそばで続いてる」

ほんの一瞬、ふわりと甘い匂いが濃くなった。

頬《ほお》にふれた体温と、熱っぽい吐息に、雪姫《ゆきひめ》にキスされたのだと知った。

「……恋人どうしじゃなくても、これくらいは許してくれるよね？」

雪姫が至近距離ではにかんで、キスの不意打ちにくらくらしていたぼくは、返事の代わりに小さな頭を軽く撫《な》でてやった。

「雪姫、ちょっと舌を見せてくれないか？　ベーって」

「え、こう？」

「そうそう……ん、ありがとう。もういいよ」

「そう？　ふふっ。舌を見せてくれなんて、へんなイッキ君」

くすくすと雪姫は笑う。おかしそうに。楽しそうに。シアワセそうに、まっさらなのどを鳴らす。反面、幸福を表す林檎《りんご》の色は相変わらずなレモン色。

お姫様が食べた林檎は、まだまだお腹《なか》を空《す》かせている。

「……だからまだ、足りないってことだよな」

幸せを閉じ込めるように、ぼくはひときわ強く雪姫を抱きしめた。

とろけるような笑顔を見せて、林檎の主《あるじ》が小さく唇《くちびる》を震わせる。

「おやすみなさい、イツキ君」

「おやすみ、雪姫」

こくんと満足げに頷《うなず》いた雪姫が目を閉じる。安らかな寝息が生まれるまで、それほど時間はかからなかった。彼女の眠りを確かめて、ぼくもゆっくりと目蓋《まぶた》をおとす。

林檎に感情を食べられたぼくと、林檎に強さを与えられた雪姫。二人にかけられた魔法を解《ほど》くため、林檎の片割れを抱きしめながら、睡魔に意識を預けていった。


その夜、ぼくはまた夢を見た。

子どもの頃の記憶。出会ってから何度目かの冬の日の光景。

純白の絨毯《じゅうたん》が敷かれた公園。ささくれたベンチで隣り合って。

息を凍らせながら、ぼくらはある童話について話していた。

毒リンゴを食べて眠ってしまった、美しいお姫様のお伽噺《とぎばなし》。

そうだ。この時、ぼくは雪姫となにかを約束した気がする。

絡めた指の、ぼくよりも低い体温を覚えている。

だけど夢はそこで終わり。真っ白な世界が雪のようにとけていく。

未来《いま》よりずっと小さな彼女の、その可憐《かれん》な唇が震える。
幼い雪姫《ゆきひめ》が最後に何を囁《ささや》いたのか、視《み》ることは叶《かな》わなかった。

猫耳天使と恋するリンゴ

第五章 ✦ 白雪姫の願いごと

朝、ぼくが目を開けると裸の猫耳少女に馬乗りされていた。

「あ、ようやくお目覚《め》めですね。おはようございます」

「……ぼくはまだ夢の中にいるみたいだ」

「いえ、イツキさまは起きていらっしゃいますよ？　あ、こら。目を閉じたらダメです」

再び目を開けるとやっぱり裸の猫耳少女に馬乗りされていた。細い両腕を使ってゆさゆさとぼくの体を揺すっている。長くて細い金糸《きんし》が頬《ほお》を撫《な》でてくすぐったい。

「いったいどんな経緯でこうなった？」

「わたくしはソウジュよりイツキさまを起こすようにと申し付けられました。まもなく朝食ができ上がるそうです」

「起こすにしても人型である必要はないだろ」

「猫の体重では刺激が足りないようでしたので」

「質量保存の法則をそんな当然みたいな顔で無視するなよ」

物質量の保存則というわりと強力な大原則が肉球により木端微塵《こっぱみじん》。つくづくこの世界の理《ことわり》から外れた存在がぼくの上でキョトンとしている。

「ほら、起きるからどいてくれ。髪がくすぐったいし」

ミントを上からどかし、体を起こしてカーテンを開ける。ついでに窓も全開に。新鮮な空気を招き入れ、朝日を浴びながら大きく伸びをしたところで、ベッドで一緒に寝ていたはずの女の子がいないことに気づく。

「ユキヒメなら、わたくしと入れ違いで出ていかれましたよ。彼女がドアを開けてくださったので助かりました」

「そっか、猫の姿じゃドアとか開けられないもんな」

着替えは手早くすませ、一応の嗜《たしな》みとして鏡の前で服装チェック。ジーンズに藍色《あいいろ》のシャツという我ながら遊びも面白味《おもしろみ》もない男子の私服。夏服は双樹《そうじゅ》に付き合ってもらって買うとして……んじゃま、とりあえず下にいくか」

「オシャレのセンスは今更どうしようもないな。夏服は双樹に付き合ってもらって買うとして……んじゃま、とりあえず下にいくか」

「はいっ、猫缶がわたくしたちを待っていますよ」

「いや、ぼくは猫缶食べないけどさ」

素敵な笑顔でキラキラと目を輝かせる金髪少女にぼくは苦笑い。猫缶を超楽しみにしている天使がここにいた。

「『これでニャンコも超ごきげん』シリーズはなかなかの高級感です」

「双樹にはそれがお気に入りだって伝えとくよ。とりあえずぼくはトイレに向かう」

「ではドアの前まで付き添います」

もはや生活の一部と化している護衛との距離感。風呂もトイレもベッドも一緒。歴戦の夫婦だってここまで行動を共にしたりしないだろう。

猫に戻ったミントと部屋を出て、階段を下りて薄暗い廊下を踏む。

「それで、ユキヒメの夢は見ることができたのですか？」

「ん、まあな。肝心なところで途切れてて、参考になるかはわからないけど……ちょっと待ってろ。ちゃちゃっと出してくるから」

家で唯一のトイレに到着。ドアノブに手をかけ、鍵がかかっていないのを確認し、躊躇《ちゅうちょ》なく扉を開け放《あ》った。

「……ふぇ？」

そしてぼくは雪姫《ゆきひめ》の呆《ほう》けた声を聞いた。

誰《だれ》もいないはずのトイレは幼馴染《おさななじみ》が使用中で、女の子としっかりばっちり目が合った。

彼女の姿勢は前かがみで、おそらく下着を上げようと手をかけた瞬間《タイミング》。

お尻《しり》は便座から浮いていて、ちょうど股《また》の真下で水色のパンツが停止していた。

白く眩《まぶ》しい脚を直視してしまう。角度と影のおかげで大事な部分は見えなかったものの、恥ずかしい場面を暴《あば》かれた雪姫の瞳がうるうると潤っていく。

「あ、あの……雪姫さん？」

咄嗟《とっさ》に伸ばそうとした手は届く前に止まる。

華奢《きゃしゃ》な肩が震えていて、小さな唇《くちびる》はわなないていて、綺麗《きれい》な目に涙が溜《た》まっていた。大事な女の子を泣かせてしまった後悔と罪悪感で頬《ほお》がかっと熱くなる。

「ご、ごめんっ！」

バタンと扉を閉めて空間から離脱する。

「……や、やってしまった」

「イツキさま、お鼻から血が出ています」

「完全に不意打ちだったからな。しかも姿勢が際どくて裸よりも威力があった」

手の甲で鼻を押しつぶしてトイレ脇《わき》の壁に背を預ける。

そのあと、だいぶ時間が経過してから雪姫は出てきた。ふれたら爆発しそうなほど顔を真っ赤に染め上げて。ぎゅっとスカートの裾《すそ》を握りしめている。

「わるかった。ノックするべきだったよな」

「……ううん。私こそ、ごめんなさい。鍵してなくて」

謝罪を交わし合うふたり。だけど会話が続かない。気まずさを演出するがごとく漂《ただよ》い出した沈黙と、止まらないぼくの鼻血。

「これ、使って」

「さんきゅ」

ポケットティッシュを袋ごと受け取り、シュッと中身を一枚抜き取る。純白のそれを治まる気配のない悲しい泉に押し当てた。白いのティッシュが悲しい赤に染まっていく。

「それでその……見た？」

「大事なとこは見えなかった」

「……そう」

「水色だった」

「……見たんだ」

「似合ってたよ」

「……ありがと」

「いやこちらこそ。ごちそうさまです」

ぼくらの間に流れるのは絵に描いたようなぎこちなさ。お互い微妙な雰囲気をどうにかしたくて、どうにか話題を逸《そ》らそうとして、空回りなことばかり口走っている。

「イツキ君もトイレだよね？」

「そうだった」

用をたして廊下に戻ると、ミントを胸に抱いた雪姫《ゆきひめ》が待っていてくれた。

ふたりでリビングを訪れると、青色ジャージの双樹《そうじゅ》がテーブルに食事を並べているところだった。もやしの味噌汁《みそしる》に、おかずはサバのみそ煮というまさに鉄板の献立《ラインナップ》。これぞ日本食といった顔ぶれが忘れていた食欲を叩《たた》き起こしてくれる。

「おはよう双樹」

妹に朝のアイサツ。爽《さわ》やかに笑いかけてみた。

「おはよう兄さん」

双樹もにこりと笑顔を返してくれる。

「ところで朝食の前にユキさんを味見してたみたいだけど、ちゃんとお腹《なか》は減ってるの？」

「……な、なぜそれを？」

「恥ずかしそうなユキさんの雰囲気と、兄さんの鼻血を見たらだいたいわかる」

「これは男の勲章《くんしょう》さ」

「言ってる間もどんどんティッシュが赤く染まってるけど？」

「おおう……」

「どうせお花畑の扉でも開《あ》けたんでしょ？　男の子はどうか知らないけど、トイレを覗《のぞ》かれるのってすごく恥ずかしいんだからね」

「すみませんでした……」

「私も鍵してなかったし、あんまりイツキ君を責めないであげて」

「了解。ユキさんがそう言うならお灸《きゆう》をすえるのはここまでにしとく。ご飯が冷めるともったいないし」

雪姫《ゆきひめ》のおかげで双樹のお説教タイムは一分ちょっとで終わった。

微妙な空気を引きずったまま食卓を囲み、会話のない朝食を手早く済ませる。

「ごちそうさま。ちょっと外に出てくるよ。猫の散歩がてら」

「いってらっしゃい。兄さん、お昼に食べたいものは？」

「天丼。甘いタレをかけたやつ」

「おっけー」

頼めば何でも出てくる花神家《はながみ》の厨房《ちゅうぼう》。脈絡《みゃくらく》のない注文が間髪《かんぱつ》入れずに了承される。

「あ、ソウちゃん、私も手伝う」

「さんくす、ユキさん。ユキさんは兄さんと違って戦力になるから嬉《うれ》しい」

「わるかったな、戦力にならない兄さんで」

最近の積極性から考えて、雪姫は一緒にいくと言い出すかもと思ったが、どうやらまだトイレの一件が整理できていないらしい。

「……ま、そのほうが都合はいいんだけど」

猫天使とナイショのお話をするにはふたりきりにならなくちゃいけない。ランチの献立についてのお喋《しゃべ》りを背に、ぼくは逃げるようにリビングをあとにした。

たとえば白木家《しらき》の愛犬、リトルマウンテンには決まった散歩コースがある。

主人である雪姫が、飽きっぽいリトルのために考えた散歩道だ。

しかし犬ではないぼくと猫の皮をかぶった天使にそんなコースはなく、行くあてのない一人と一匹はふわふわと灰色の街を漂《ただよ》っていた。

「……不覚だ。まさか朝っぱらから女子のトイレを目撃してしまうなんて」

「まさにラッキースケベ、ですね」

「おまえ、それ意味わかって言ってるのか？」

花神家のトイレで目に焼きつけた光景を思い出す。清潔な花園を背景に、お花を摘み終えた女の子が腰を浮かせ、パンツに手をかけた直後という稀少《マニアック》な一枚《タイミング》。

「この画像記録《フォトグラフ》は永久保存確定だな」

「ふぉと？」

「やば……思い出したらこみ上げてきた」

咄嗟《とっさ》に鼻を押さえる。これ以上の出血はさすがにまずい。

「ですがイッキさま？　イッキさまは既に彼女の裸体をあますことなく調査済みですよね？　どうして今回は鼻血が出るほど興奮しているのですか？」

足元の猫を踏まないように気遣いながら、歩みを止める。

「雪姫ってさ、からかったり冗談を言ったりすると、すごくいい顔をしてくれるんだよ」

「すごくいい顔、ですか？」

「ぼくは昔から雪姫《ゆきひめ》の恥ずかしがる表情《カオ》が好きだったんだ。雪姫の恥じらう様子は何度見ても見飽きない」

その表情は甘い蜜《みつ》。恥じらう雪姫の魅力を知ったぼくは、ぼくの冗談にいちいち頬《ほお》を染めてくれる幼馴染《おさななじみ》の反応が嬉《うれ》しかった。

「ぼくは、あの表情が見たくて雪姫と一緒にいたのかもしれないな」

「えっと？」

ぼくの告白に「それがなに？」とでも言いたげに黒猫がぼくを見る。

「今朝の件は、単純に角度《アングル》が際どかったのもあるんだけど、それ以上に雪姫の恥じらい具合が半端じゃなかった。あんなにいい表情《カオ》は十年に一度見られるかどうか」

「それほど貴重な瞬間だったのですか」

「天使との遭遇率《そうぐうりつ》には負けるけどな」

きっと百年に一度だってない出逢《であ》い。林檎《りんご》が繋《つな》いでくれた細い糸《いと》を、いつの間にか愛しく感じている。

雪姫との出会いだって同じ。偶然が結んでくれた、夜空からひとつの星を掴《つか》むような、嘘《うそ》みたいな奇跡の結果だ。

「でも、泣かせるのはやりすぎだ」

「それだけトイレに乱入されたことが恥ずかしかったのですね」

「逆の立場だったら、ぼくだって恥ずかしいからな」

まして雪姫は多感な年頃の女の子。自分の恥ずかしい姿を異性に見られて平静でいられるわけがない。

その時、ぼくの耳が奇妙な音を拾った。

どしん。どしん。ゆっくりと、けれど着実に背後から迫ってくる不吉な重低音。

嫌な予感に身を竦《すく》ませたぼくの周囲に影が差す。黒く濡《ぬ》れたアスファルトは大きな雲の日傘がかかったようで、しかしてその実体は悪魔の再来を告げる警鐘《けいしょう》である。

振り返ると、三度目の登場となるヌイグルミの怪物と目が合った。

「なんだか……すごく怒っていらっしゃる？」

今回も前回とは異なるバリエーション。赤い目をいっぱいに吊《つ》り上《あ》げて、ほっぺたを焼きたてのお餅《もち》みたいにふくらませた、いかにも「怒っています」といった表情。

相変わらず巨大なシロクマくんが、両手をふりあげた『クマの臨戦態勢』で道路を占領しながら迫っていた。普通に二足歩行で。クマなのに。

「──迎撃を開始します」

白い悪魔の接近に、警告もなしに黒猫が光線を放つ。

一つ。二つ。三つ。四つ。二度目の襲来時にシロクマくんを倒したのと同じ数。立て続けに空を走った光の矢は、四つの全てが敵の体に被弾《ひだん》した。だというのに――

「うそだろ……どうして無傷なんだよ？」

威力は申し分ないはずの天使の砲撃に、けれども悪魔は倒れなかった。四つの光線はヌイグルミの足を止めただけで、シロクマくんの体は傷ひとつ負っていない。

「対象の強度情報に不自然な変移を確認。――状況に変更なし。攻撃を続行します」

黒猫の体が光り、天使の姿《シルエット》が変化する。猫から人間の形へ。長い金髪と青い瞳を持ち、頭に猫耳をのせて白のワンピースをまとった幼い少女がふわりと地に足をつけた。

「攻撃パターンを変更。連射から一斉射撃へ」

本来の姿に戻った天使がヌイグルミに向け手をかざす。白く細い指先で光の雫《しずく》が輝き出す。その数は七つ。先刻の四つをも凌《しの》ぐ、おそらくはミントの全力。

「何度現れようとも、イツキさまは渡しません」

パチンと天使が指を鳴らす。

瞬間、七つの雫が弾けた。

信じられないほど膨大《ぼうだい》な光の奔流《ほんりゅう》。紡《つむ》がれた七つがそれぞれの軌跡をもって、囲い込むように悪魔へと迸《ほとばし》る。目を焼くような閃光《せんこう》の中、ミントの瞳が驚愕《きょうがく》に揺れた。

「そんな……わたくしの魔法が効かないなんて」

呆然《ぼうぜん》と紡がれる声。それは絶望を知らせる音だった。

事実、七つもの矢を浴びたシロクマくんは平然とそこに居座っている。

「……しかたありませんね。他の天使に応援を要請します」

ミントがすっと目を閉じる。おそらくはテレパシーを使った通信連絡なのだろう。数秒の空白のあと、通信を終えたらしいミントがうっすらと目を開《あ》けて、戸惑いがちに呟《つぶや》く。

「どうして……？　他の天使と連絡が取れません」

「それって、まさか――」

最悪な想像が脳裏《のうり》をかすめ、ぼくはシロクマくんを仰ぎ見る。

出現するたびに強くなる怪物。ミントの本気の魔法でさえものともしなかったヌイグルミ。この悪魔なら、天使達《たち》を殲滅《せんめつ》することだってできるかもしれない。

「えっと……どうするミント？」

「逃げましょう！」

瞬時に結論を下し、ワンピースを翻《ひるがえ》したミントは、ぼくの手を握るとすぐさま駆け出した。当然、獲物を逃す気など微塵《みじん》もないであろう悪魔があとを追ってくる。

背後から迫る足音に怯《おび》えながら、ぼくらは振り返ることなく走り続けた。

ご機嫌《きげん》斜めなシロクマくんとの鬼ごっこは三十分に及んだ。

力を消耗し、猫に戻ってしまったミントをぼくが抱きかかえている状態。攻撃に使った魔力に加え、逃走中に人や建物に被害が出ないよう魔法を展開し続けた結果だ。ミントには人の姿を保てるだけの力も残されていなかった。

「帰ったら猫缶をたらふく食わせてやるからな。頑張ってくれたご褒美《ほうび》だ」

「それでは『これでニャンコも超ごきげん』シリーズを所望《しよもう》します」

疲労を感じさせるものの、意外としっかりとした口調で答えるミント。軽口を叩《たた》ける余裕はあるようで安心する。

「しかし、わたくしの攻撃が通じなくなるとは思いませんでした。天使も驚愕《きようがく》の事態です」

「巨体のおかげで足は遅いから、それだけが救いだな。それに、他の天使も心配だ」

天使の一人と連絡が途絶《とだ》えたことは聞いていたが、現状では他の五人も通信が繋《つな》がらないらしい。

「だけど、どうしてシロクマくんはいきなり消えたんだろう？」

「わかりません。前触れもなく唐突に存在が消失しました」

鈍い足音が消えたと思ったら、背後に迫っていたはずの巨体が嘘《うそ》のように消えていた。

「魔力の総量か、もしくは顕現《けんげん》時間に対する期限なのか、あの悪魔の出現には何らかの制限があるのかもしれませんね」

「制限か……」

ミントが無制限に光線を放つことができないように、悪魔にだって魔力の残量という制約があるはずなのだ。

「わからないことを考えていても仕方ないな。外に出てきたのは、シロクマくんの対策会議をするためじゃない」

「それも重大な案件ですが、確かにユキヒメのことも問題です」

いつの間にか、ミントと出会った公園に足を運んでいたらしい。ぐるぐる街中を逃げ回った挙句《あげく》、家の近くまで戻ってきてしまった。

公園の入り口、ちょうどぼくがミントを見つけた地点で立ち止まる。

満開の桜の木の周りを四人の子どもたちが元気に走りまわっていた。

「そっか……ゴールデンウィークだもんな」

「イツキさまも交ぜてもらってはいかがですか？」

「ぼくにはもう、そんな体力は残っちゃいないよ」

体力が残っていたところで、きっとぼくはあんな風にはしゃげない。高校二年生の十六歳。子どもに混じって駆けっこを楽しむには、すこしばかり大きくなりすぎた。

ベンチに腰掛けて深く息を吐く。黒猫はぼくの隣に小さなお尻《しり》を落ち着けた。

「……昨夜、また雪姫《ゆきひめ》の夢を見たよ」

ぴくんと猫《ミント》の耳が動く。餌《えさ》を期待するような視線に慌てるなとノドをくすぐってやる。

「今度は少しだけ時間が経《た》って、何度目かの冬の日で、雪が降ってたんだ。雪姫と会った公園で、ベンチに座って白雪姫の童話の話をしてて――」

猫のノドを指で撫《な》でながら、雪姫《ゆきひめ》から流れてきた記憶を伝えていく。

「別れる前に雪姫がぼくに何か言って、小指を絡めて約束をしたんだけど、その約束が何かはわからなかった。けど、約束をしたからには、ぼくはあの子の言葉に頷《うなず》いたんだ」

だから、子どもが思いつくような単純な約束なのだと思う。

「雪姫が口にした〝何か〟が気になった。確証はないけど、きっと重要なことなんだ」

「イツキさまは思い出せないのですか？」

「本当に小さかったからな。小学校の低学年の頃だから記憶は穴だらけだ」

むしろ忘れていることのほうが多い。虫食いだらけのノートでは、目的の項目を探し当てるのは難しい。

「……でも、雪姫は憶《おぼ》えてくれていたってことだよな」

夢に映せるほど鮮明に、言葉が聴き取れるほど繊細《せんさい》に、彼女は過去を憶えている。

「ユキヒメは幼い頃からイツキさまを想《おも》っていたのでしょうね。意識して過ごした時間だから、風化もしにくいのでしょう」

「そうかな。……そうかもな」

もしもそうだとしたらぼくは幸せ者だ。あんなに綺麗《きれい》な女の子が、ずっと見てくれていたってことだから。

「そういえば……その約束をした時の雪姫は、すごく恥ずかしそうだったな。風が吹いたせいか目もはっきり見えて、リンゴみたいに顔を真っ赤にしてたっけ」

ぎゅっと自分の手を握って、肩を震わせながら彼女は約束を持ちかけた。それこそ十年に一度見れるかどうかの、雪兎《ゆきうさぎ》も照れて融《と》けてしまいそうなくらいに魅力的な顔をして。

「なんで忘れるかな。口下手《くちべた》なお姫様が、あんなに頑張って渡してくれた言葉を」

不甲斐《ふがい》ない自分が情けない。でも、ここで溜息《ためいき》まじりに反省会を開催したところで問題は解決しない。過去の失敗より未来の成功を考えるのが正解だ。

ぼくは気持ちを切り替えることにした。

「状況を整理してみよう。ぼくらの目的は雪姫の林檎《りんご》を赤くして収穫すること。そのためには雪姫に幸せを感じてもらう必要がある」

「現在、彼女の林檎は黄色。何らかの魔法が発動している可能性があります。林檎は苗床《なえどこ》の願いに反応しますから、どのような魔法が働いているかが判断できれば彼女の願いが特定できるかもしれません」

「願いを特定できて、それを叶《かな》えてやることができたなら、大きな幸福感を与えることができる。林檎の成長が期待できる。ただ、現状では魔法の正体も雪姫の願いごとも不明」

「魔法と思われるような異常も観測できませんしね。唯一の手がかりはイツキさまが見た彼女の夢ですが、重要な部分はやはり不明のままです」

やるべきことは明白なのに有効な手段を見つけられない。体調は万全なのに全力で走ることのできないもどかしさ。

「確実なのは、雪姫《ゆきひめ》に優しくして小さな幸せを積み重《かさ》ねる作戦だな」

「チリも積もれば何とやら、ですね」

「とりあえず目先のミッションは雪姫の機嫌《きげん》をどうやって直すかだな。ずっとギクシャクしたままじゃ、幸せな記憶だって生まれないだろうし」

「トイレの件については、許してくれたのではないですか？」

「口ではな。けど心は違う。態度でわかる。アレはすごく気にしている感じだった」

せっかく前髪を留めているというのに、まともに視線を合わせてくれなかったし。

「そうなのですか。やはり人の心は複雑なのですね」

「というかずっと先送りにしてきたけど、林檎が熟《じゅく》したら雪姫とディープキスをしなきゃいけないんだよな。裸を見た時みたいに夢ってことにはできないし」

雪姫の唇《くちびる》を想像する。薄紅色の花弁に口づける妄想をして——恥ずかしすぎて妄想すら未遂に終わった。妄想の中ですら女の子を好きにできないぼく。

「こんなピュアなぼくにディープキスはやっぱり難易度が高すぎる」

「ですが、ユキヒメはイツキさまに服を残らず脱がされていますよ？」

「脱がすのとキスは違うよ。キスは難易度が別次元だよ」

「難易度にそれほど差があるとは思えませんが。むしろ異性の服を脱がすほうが難しい気が致します」

子ども達《たち》がはしゃぐ声に混じって、溜息《ためいき》のような音が耳に届く。

「イツキさまはこんな話をご存じですか？　男は兵士で女は城砦《じょうさい》。城をひとつも落とせない兵士より、一度も兵士の侵入を許したことのない城砦のほうが魅力的という話です」

「その話は魅力がなくて誰《だれ》にも攻めてもらえない城の存在が抜け落ちている」

根本的に男子を貶《おとし》めるための例え話だ。女子が不利になる記述がどこにもないという叙《じょ》述《じゅつ》トリック。

「そもそも、兵士がひとりで城を攻め落とすのが無理なんだよ」

「ですが実際に城を落とすのがお上手な男性もいらっしゃいますよ？」

「うっさいわ」

この天使、何気に痛いところを突いてくる。

「実際のところ、どんな口実なら女子は唇を許してくれるんだろうな」

「それは、恋人になればいいのではないですか？」

「簡単に言ってくれるけどさ、恋人を作るってけっこう重大な人生イベントなんだぞ。しかもぼくには恋愛感情がないときた。こんな状態で恋人になってくれなんて言えないよ」

「ふむ。では、問答無用で口づけを交わすしかありませんね」

「もうそのくらいの爆弾発言じゃ動じなくなったぼくがいる」

「ユキヒメはイツキさまを好いているのですから、イツキさまにキスをされたら、むしろうれしいのではないですか？」

「いきなりチューするとか過程をすっ飛ばすにも程があるから。それに問答無用でそんなことしたら言い逃れできないだろ」

「言い逃れ？」

「キスした責任を取らなきゃいけないってこと。いい加減な気持ちで女の子にキスなんてできないんだよ」

「ああ、そういうことでしたか」

黒猫は何かに納得すると、

「それでしたら問題ありませんよ。事後処理《キスのあと》のことまで悩む必要はないです」

不可解《ふかかい》な台詞《メッセージ》をぼくの頭に送信した。

「イツキさまが林檎《りんご》を舐《な》め取ってしまえば、ユキヒメは忘れてしまいますから」

「忘れる……？」

「話していたはずなのですよ？　天界の林檎の栄養は、少女の幸福な記憶だと」

「それは聞いたけど……あれ、記憶？」

天使がもたらした言葉、その真意に指先がふれた気がした。心の底に芽生《めば》えた疑問。その芽は瞬く間に成長し蕾《つぼみ》となって、最後には勢いよく花開《ひら》く。

「まさか、林檎の収穫って——その記憶ごと少女《ユキヒメ》から切り離すってことなのか？」

口にしたことの意味を理解して体が震えた。

林檎が少女の記憶を吸って成長するというなら、熟《じゅく》した林檎を収穫するということは、記憶の詰まった果実を少女の中から取り出すということに他ならない。

「そうです。林檎を収穫するということは、苗床《なえどこ》である少女から記憶を奪うということです。林檎を抜かれた少女は、林檎に与えた栄養の分だけ記憶を失うのです」

「なんだよそれ……林檎を収穫したら、記憶喪失《そうしつ》になるっていうのか？」

「喪失ではなく消失です。消えてしまった記憶を思い出すことはありません。忘れるのではなく、失うのですから。天界の林檎に関わる出来事は、彼女の中でなかったことになるのです」

林檎を食べてから収穫されるまでの記憶を失う。雪姫《ゆきひめ》の告白も、なかったことになる。彼女が想《おも》いを打ち明けてくれた事実が、なかったことにされてしまう。

「そんなの、納得できるワケないだろっ!!」

「どうしてですか？」

「それは悲しいことだ」

黒猫が不思議そうに首を傾《かし》げた。透き通るほどに無邪気で、きょとんとした仕草《しぐさ》が、ぼくの背筋を凍らせる。

「かなしい？」

「大丈夫ですよ。悲しいことも、恥ずかしいことも、ユキヒメは忘れてしまうのです。記憶を失《な》くしたという事実に気づかないのですから、悲しいという感情は生まれません」

「――ッ!!」

どくんと中心が強く脈打った。胸が痛くて、息をするのも苦しい。

「……そっか。そこまでズレてるんだ、おまえは」

人の言葉を操《あやつ》るから気づかなかった。通じ合えていると信じていた。けれど違う。違っていた。ぼくとこの子は、どうしたって心がとけあうことはない。

人間と天使は違うモノ。理不尽なほどに異なっていて、絶望的なまでに同じじゃない。

ぼくとミントは、同じ言葉で喋《しゃべ》っていながら、まったく別の世界に生きていたのだ。

「どうされたのですか？　苦虫を噛《か》み潰《つぶ》したようお顔なのですよ？」

自分が酷《ひど》い顔をしている自覚はある。さぞや不細工な顔を晒《さら》していることだろう。

「……ちょっと頭を冷やしてくる」

ベンチから腰を上げたぼくは、はしゃぐ集団に向かって駆け出す。

「おまえらあああっ!!　ぼくも交ぜやがれえええええっ!!」

暗闇《くらやみ》から目を背けるように、疲れきった体を粉々にするようにして、お昼時まで子ども達《たち》と全力で鬼ごっこをした。

おみやげに『雪兎大福《ゆきうさぎ》』を買って帰った。雪兎を模した餅《もち》の中にバニラアイスが入っている雪姫《ゆきひめ》の大好物《おきにいり》。甘い氷菓《アイス》で少しは気も晴れたらしく、夕食時には自然に話してくれるようになった。

自然に話せなかったのは、もしかしなくてもぼくのほうだった。

◆◆◆

風呂を浴びて自室に戻ってから一時間が経過した。

外はもう真っ暗で、だから部屋も薄暗くて、なのにカーテンを閉める気にも電気をつける気にもなれずにベッドの上で仰向《あおむ》けになっている。

ぴったり二つに割れた月の片割れが、淡い光で窓を濡《ぬ》らしていく。暗さに慣れた目にはそれでも十分な照明《ルクス》。月の光が届く位置で黒猫がシーツに寝そべっていた。

「……やっぱり悪魔の林檎《りんご》じゃないか」

幸福な記憶と引き換えに、少女の願いを叶《かな》える悪魔の果実。これに比べたら白雪姫の毒リンゴが可愛《かわい》く思える。

「雪姫は笑ってたよ。アイスを食べながら、幸せそうに笑ってたんだ。そんな小さな幸せさえ、奪われなきゃいけないっていうのか？」

「願いを叶えるには、それだけの代償を支払わなければいけないということです」

幸福な過去と引き換えに望んだ未来を買うようなもの。

それは一方的な取引で、公平《フェア》な交渉とはとてもじゃないけど思えない。記憶を奪われることも、望んだ望みを与えられたことすら少女は感じ取れないのだから。

「記憶が無くなるって話、どうして言わなかった」

「知らせないほうが合理的であると判断しました。優しいイツキさまは心を痛めて立ち止まってしまうでしょう？　たとえば、そう――いまみたいに」

「……なら、どうして最後まで隠さなかったんだ？」

「イツキさまが、ユキヒメとキスすることに戸惑っている様子でしたから、すこしでも後押しになればと考えました。わたくしの役目は天界の林檎《りんご》の回収です。それが最優先事項であり、速やかに目的を遂行する義務があります。イツキさまが立ち止まるようなことがあれば、その背中を押して差し上げるのもわたくしの役目です」

「利用できるものは何だって利用するわけだ。猫を被《かぶ》った天使と思わせて、天使を騙《かた》った悪魔だったのか」

「わたくしは天使ですよ。ただ、悪魔が天使を騙《かた》ろうと確かめる術《すべ》は人間にはありませんが。天使を名乗ったからといって、その存在が本当に天使であるとは限りませんしね。書物を紐解《ひもと》けば明白です。そして、それを決めるのはいつだって人間のはずですよ？」

本は人にしか書けませんから、とうそぶく。

「どうにかして記憶を失《な》くさずに収穫する方法はないのか？」

「そのような方法はありません」

「林檎を取り出したあとで思い出させることは？」

「不可能です」

「そっか。……そうだろうな」

ミントは嘘《うそ》だけは言わなかった。天使が語った林檎の話に矛盾はなかったし、彼女が不可能というのなら、記憶を残したまま林檎を取り出す方法は本当にないのだ。

「……林檎の色は、女の子の記憶《しあわせ》の色だったんだな」

ぼくが食べた林檎の色を思い出す。愛《いと》しいとすら感じた鮮やかな真紅。舌を夢中にさせる甘さも苗床《なえどこ》になった少女の味だったのだろうか。

天界の林檎の赤は、少女の幸せの色。

ぼくの役目は雪姫《ゆきひめ》を幸福で満たし、林檎を色づけること。そして赤く熟《じゅく》した果実を収穫すること。栄養として与えた記憶と共に、彼女の中から奪い取ること。

雪姫《ゆきひめ》の変化は先週の火曜日。月曜日の放課後には林檎を食べていたらしいから、それ以降の思い出が彼女の中でなかったことになる。

この部屋でくれた告白も。

ふたりでプールに行ったことも。

膝枕《ひざまくら》を要求して昼寝をしたことも。ハンバーグを作って恋人プレイをしたことも。

同じベッドで抱き合って眠ったことも。その温《ぬく》もりさえも、忘れてしまう。

みんな忘れて、なかったことにされてしまう。

「それでもぼくは、雪姫から林檎《りんご》を取り出せるのか？」

——自分自身に問いかける。

「ぼくの目的は何だ？」

——恋愛感情を取り戻して雪姫の告白に答えることだ。

「雪姫が告白のことを忘れてしまうなら、その理由すら瓦解《がかい》するのに？」

——ぼくは唯一《たつたひとつ》の道標《みちしるべ》を見失ったことになる。それでも林檎を食べてしまったあの子を放《ほう》っておけるはずがない。記憶を食べ、心を蝕《むしば》む悪魔の果実から雪姫を救いたい。

「……なんだ、答えは決まってるじゃないか」

体を起こし、深く深く息を吐く。

「雪姫が忘れてしまったとしてもぼくは憶《おぼ》えている。なら、ぼくがなかったことにしなければいい」

想《おも》いを聞いてしまった以上、どんなカタチであれ答えは出さなければならない。告白の事実が雪姫から消えようと、その気持ちまで消えてしまうわけではないのだから。

「たとえあの子から記憶を奪う結末だとしても、ぼくは……」

かすれた声が静寂《せいじゃく》にのみこまれていき、思い出したように控えめな来訪の合図《ノック》が鳴った。

ノックにも性格が出るもので、それだけで来訪者が誰《だれ》かわかる。

「開《あ》いてるよ」

「おじゃまします」

顔を出した雪姫はパジャマではなく私服姿だった。スカートに黒のニーソックス、それと厚めの上着《パーカー》。お風呂上がりの髪はしっとりと湿っていて、ほんのりと上気した頬《ほお》。薄闇の中でもわかる大粒の瞳はじっとぼくを見つめている。

思わず彼女の唇《くちびる》に目がいって、慌てて視線を逸《そ》らす。

「ちょっと、お話がしたくてきたの」

そう言ってベッドの端っこにちょこんと腰掛ける。そこがお気に召さなかったのか、最終的にぼくの背に背中を預けてきた。

「イツキ君、帰ってきてから様子がおかしかった」

「そうかな?」

「わかるもの。わかるから、気になるの」

背中にかかるやわらかな女の子の感触と、呼吸の気配。ふわりと甘い匂いを香らせる雪姫が、背後から優しく囁《ささや》きかけてくる。

「何かなやみごと？　急にお泊まりとか言い出したのと関係ある？」

「ばれてたか」

いつもぼーっとしている雪姫が感付くくらいだ。今更だけど、最近のぼくの言動はそれくらい不自然だったということ。

「話さなきゃ駄目か？」

「ううん。話したくないなら、話せないことなら、話さなくていい。聞かない」

聞かないけど、寂《さび》しくはある。そんな響きが彼女の声にはあった。そんなふうに、ぼくには届いた。

「ああ……でも大丈夫。もう解決したから。ちゃんと納得したから」

ぼくの返答に、背中合わせの雪姫は困ったように身じろぐ。

「これは、気分転換が必要かも」

「ん？」

「ね、夜のお散歩に行かない？」

返事をする前にぎゅっと手を握られた。風呂上がりだからだろうか、低体温なはずの彼女の手が、ぼくよりも少しだけ熱い。

小さな手に引き上げられてベッドから下り立つ。空気に擦《こす》れた頬《ほお》がやけに冷たくて、ようやくぼくは、自分が泣いていることに気がついた。

◆◆◆

ぼくらは夜の道を散歩する。すっかり慣れてしまった距離で隣り合いながら。

暗闇《くらやみ》に紛れそうになりながらミントは後ろをついてきていた。認識操作を展開しているらしく、雪姫《ゆきひめ》には視《み》えていないようだ。

「ちょっと風が冷たいね」

「この時期は昼夜で温度差が激しいからな」

上着を羽織ってきたとはいえ、それでもまだ肌寒い。

空気は水のように冷たくて、夜空に浮かぶ半月が氷のように見える。

もうだいぶ遅い時間帯。間隔がまばらの街灯が照らす夜道には、ぼく達《たち》の他に人影は見当たらない。急ぐ用事もないぼくらの歩行は穏やかで、ふれられそうな濃度の静けさを二人分の足音が切り裂いていく。

「……わるかったな。なんか、気を遣わせたみたいで」

「ううん、半分は私の憧《あこが》れだから。夜の街をイッキ君と歩いてみたいなって。そういう憧れ。女の子の夢がひとつ叶《かな》いました」

「そんなの何度もあったろ。夏祭りとか、花火大会とか」

「そうだけど、そうじゃなくて。ふたりきりで、誰《だれ》もいない時間にってこと。ふたりきりってところがゴージャスでロマンス」

「ごめん、よくわからない」

顔を見合わせて笑い合う。ほんの些細《ささい》なこと。小さな幸せ。林檎《りんご》を奪うことで、こんな一瞬さえ消えてしまうのかと思ったら、また胸が痛んだ。

車も通らない交差点。寂《さび》しげに立つ信号機が赤に切り替わる。遅い時間だというのに律《りち》儀《ぎ》な仕事。ぼくらはしばし足止めされる。

「雪姫《ゆきひめ》はさ、子どもの頃の、雪の日にした約束を憶《おぼ》えてる？」

唐突な質問に驚いた様子もなしに雪姫は頷《うなず》く。

「憶えてる。忘れるわけない」

「ごめん。ぼくはよく憶えてないんだ」

「イツキ君は忘れちゃったの？」

「約束をしたのは憶えてる。ベンチで白雪姫の話をしていたのも。だけどどんな約束をしたのか、雪姫がどんな約束をぼくに持ちかけたのか、それが思い出せない」

「小さい頃のことだもの。しかたないよ」

「本音は？」

「ちょっとだけショックかも」

「だよな。ごめん……」

信号が青に変わる。ぼやけた光が進んでいいよと教えてくれる。それでも左右を確認してから交差点を通過した。

「手を繋《つな》いでくれたら、許してあげます」

「それくらいなら安いもんだ」

寂《さび》しげにさげられていた手を取る。すっかり冷たくなってしまった華奢《きやしや》な手。温めようと握った瞬間、指に焼けるような熱が走った。

「イツキ君？　どうしたの？」

「ちょっと、指に痛みが……」

繋いでいた手をはなす。右手の人差し指、その中ほどにぱっくりと切り傷があって、すこしだけ血が滲《にじ》んでいた。

「子ども達《たち》と遊んだ時にでも切ったかな」

「みせて？」

ぼくの手を掴《つか》んで、じっと傷口を見つめたかと思うと、おもむろに指をくわえこんだ。

「ちょ!?　雪姫《ゆきひめ》!?」

赤ん坊がそうするように、ちゅーちゅーと指を吸ってくる。熱く湿った口内で、舌のふれている部分がびりびりと痺《しび》れていく。

やがて、指をはなした雪姫がゆっくりと顔をあげた。

「とりあえずの応急手当て。帰ったら、ちゃんと消毒してあげる」

「あ、ありがとう」

「イツキ君、カオ、真っ赤だよ?」

「……自覚はある」

雪姫から顔を背けると、からかうように頬《ほお》を突っついてくる。いつもと真逆のポジション。それがちっとも嫌じゃないのは、雪姫の顔も林檎《りんご》みたいに赤くなっていたから。

それから、なんとなく気恥ずかしくて喋《しゃべ》れないでいた。

手は繋がずに、けれども付かず離れずに、肩を並べて歩いていく。

どこにいくかは決めてなかったが、自然といつも通るほうへと足は向かう。学生が最も使うはずの通学路。ぼくらの速度で流れていく景色。夜の街並み。片割れを探すように寂しげに浮かぶお月様。待ち合わせ場所の交差点。薄紅色の満開な桜並木を潜《くぐ》る。

「……あれ?」

ふと足が止まる。そこは桜の回廊の下。停止する情景。立ち止まらない時間。振り向いた雪姫が「どうしたの？」と訊《き》いてくる。

「いま――何か、おかしくなかったか？」

とても不自然で、圧倒的な間違いにふれたような気がした。

「そうだ……どう考えたっておかしい」

どうして気づかなかったのだろう。思い至らなかったのだろう。この光景と同じ違和感を、今朝も公園で目にしていたはずなのに。

「さくら――どうしてまだ満開なんだ？」

満開になった並木道を雪姫と歩いた日から一週間が経《た》っている。

見頃はとっくに過ぎているはずで、雪姫と出掛けた土曜日には雨だって降っていて、もう花なんてほとんど残っていないはずなのに。

人を虜《とりこ》にする色彩《いろどり》は、魔的な魅力を散らしてそこに在り続けている。

――こつん、と。思考を遮《さえぎ》るようにぼくの肩に何かがふれた。

雪姫が寄りかかってきたのだときづいたぼくは慌ててその肩を抱きとめる。まぶたを半分ほどおとした雪姫が「ごめんなさい」と小さくこぼす。

「いいよ。もう遅い時間だから眠いんだろ」

「……私ね、最近はなんだかすごく眠いの。今朝もね、イツキ君が出掛けたあと、すこしだけ眠ってた……」

ぼくの危惧《きぐ》していた通り、雪姫の生活に占める睡眠時間の割合は確実に増えている。強い舌を維持《いじ》するための代償。明るく振舞《ふるま》うことで心にかかる負担の証明。彼女が疲れきってしまう前に林檎《りんご》を奪わなければならない。

雪姫は寄りかかったまま完全に意識を落としてしまった。体重の全てをぼくに預けて、すやすやと暢気《のんき》な吐息を繰り返す。

ふと、何かが月光を遮った。雲ではなく、空を飛ぶ何かでもない。真っ白な下半身が視界に入り、忌々《いまいま》しさと鬱陶《うっとう》しさを覚えながら顔を上げる。

「……人の眠りを邪魔しようってのに、なんでそんなに楽しそうなんだ？」

お姫様の休息に水を差す無粋な影。半月を背に、満面に笑みを貼《は》り付けたクマのヌイグルミがぼくらを見下ろしていた。

直後、シロクマくんの顔に殺到《さっとう》する光の束。

小さき騎士の対応は迅速《じんそく》かつ的確だった。奴《やつ》は不死身と化している。ミントが全力で魔法を放っても倒せない相手なのだ。攻撃が通用しないとわかっているから、ダメージを負わすのではなく、怯《ひる》ませるために数本の光線で顔面を狙《ねら》ったのだろう。

「雪姫！　おい雪姫《ゆきひめ》！　頼む、起きてくれ！」

注意を引いてくれている間に、寄りかかったまま目覚めない幼馴染《おさななじみ》に叫びかける。安眠を妨《さまた》げるのは心苦しいがやむを得ない。ぺちぺちと頬《ほお》を叩《たた》き、大声で呼びかけてみるも眠りについたお姫様は応えてくれない。

「退《ひ》いてくださいイツキさまっ!!」

天使の声に体を横にずらす。すぐ横を飛んでいった光線がシロクマくんの胸に直撃した。

咄嗟《とっさ》に雪姫を抱き上げ、天使の攻撃でヌイグルミが怯《ひる》んだ隙《すき》に逃走を開始する。

起こすのを諦めた雪姫を抱きかかえたまま、具体的にはお姫様だっこした状態で夜の道を駆けていく。桜並木を戻り、向かうのは花神《はながみ》家から最寄りの公園。人気がないとはいえ、あれだけ大きな悪魔が路上で暴《あば》れたら大変なことになる。

黒猫ミントが走りながら光線で応戦してくれているが、巨体の疾走は衰えない。

「……どうして、シロクマくんは倒されても出てくるんだ？」

愚痴るようにこぼした疑問。あの悪魔は諦めが悪いばかりか、現れるたびにどんどん強くなっていく。現状では天使の魔法さえ効かなくなってしまった。

あの悪魔を止める方法は掴《つか》めないままだ。

命がけの鬼ごっこの末、月明かりを頼りに公園に逃げ込んだ。中央にある大きな桜はやっぱり満開で、夜風に桃色の花を散らしている。その木の幹に雪姫を預けた。

桜を背に、ぼくと黒猫は息を整える。そして公園に踏み込む巨大なヌイグルミ。笑顔のシロクマくんが暗がりに浮かび上がる様は足が竦《すく》むほど不気味だった。

白い悪魔がその巨大な腕を振り上げて、振り下ろした。

即座に光線を放つ黒猫。同時に四つの光の矢。なけなしの光線を浴びたシロクマくんは、今度は怯むことすらしなかった。

「きゃあ!!」

「ミント!?」

シロクマくんの攻撃を受けたミントが吹き飛ばされる。魔法を使ってなんとか衝撃を殺したものの、それでもダメージがあるらしく、うつ伏せになったまま立ち上がれない。

シロクマくんがぼくを見据える。

桜の木の下、ぼくは雪姫《ゆきひめ》を庇《かば》うために前に出て、目の前で起きた不可解《ふかかい》な出来事に「どうして?」ともらすことになった。シロクマくんは林檎《ぼく》から視線を逸《そ》らし、その巨体を翻《ひるがえ》したのだ。まるで、最初からお前に興味などないと言うように。

「ぼくを食べようとしない? 奴《やつ》の目的は天界の林檎《りんご》じゃないのか?」

突破口が開《ひら》けないまま謎《なぞ》ばかりが増えていく。けれど、悪魔は考える暇すら与えてくれない。身を翻した奴の行動、その意味を理解して全身から血の気が引いていく。悪魔が足を向けた先にいるのは倒れ伏した漆黒の騎士。黒猫の姿をしたミントだった。

「っ!? ミント!!」

慌てて駆け出すも、ミントへの距離はヌイグルミの足でたったの三歩。すぐに足をとめたシロクマくんが、動けないミントを狙《ねら》って腕を振り上げる。

「やめやがれええええええっ!!」

振り下ろされた拳《こぶし》が黒猫に届く直前、ようやくぼくの足がミントに届く。負傷した猫をかばうように抱きかかえた。

「……ダメ、です……逃げて……っ」

弱りきった体で懸命に作られた言葉は意味を成さない。悪魔の拳は絶対に避けられないタイミングだったから。……それなのに、いつまで経《た》っても衝撃はやってこなかった。

不思議に思い背後を見やる。

「……え？　なん、で？」

ぼくの目の前で、拳がぴたりと静止していた。

それどころか、白い巨体がとけはじめた。巨大な腕も。でっぷりとしたお腹《なか》も。薄気味の悪い笑顔も。悪魔を形作っていた光の粒子が、風に吹かれて霧散《むさん》していく。

そして——ぼくは目にすることになる。

悪魔を構成していた光の後ろ、まるで悪魔の中から生まれ出たように、桜の木に背中を預けていたはずの雪姫《ゆきひめ》が、ゆっくりと立ち上がるのを。

まるで、シロクマくんが消えた瞬間に目覚めたような。

「いや……違う。そうじゃない」

ぼくの目には、彼女が起きたから悪魔が消えたように見えた。

思い返してみればいい。天界の林檎《りんご》に関わってからの、この一週間の出来事を。シロクマくんが出現した時に、雪姫《ゆきひめ》が置かれていた状況を。

ヌイグルミの悪魔が初めて現れたのは学校の屋上。次は白木《しらき》家近くの児童公園で、今朝は家を出たあとに背後から追いかけてきた。そして今回、雪姫が眠りにつくと月光を遮《さえぎ》るようにぼくの前に立ち塞がった。

一度目の時、ぼくが教室に戻ると雪姫は机に突っ伏して眠っていた。

二度目の時、雪姫はぼくに裸を見せた恥ずかしさで気を失っていた。

三度目の時、ぼくが散歩に出たあと、雪姫は昼寝をしていたらしい。

四度目の今夜、シロクマくんは雪姫が目を覚ますと同時に消滅した。

「……シロクマくんが現れたのは、雪姫が眠っている時だけだった？」

雪姫と悪魔を結び付ける共通点。おそらくはシロクマくんが出現するための制約。顕現《けんげん》の限定条件。目を覚ますと消えてしまうなんて、それはまるで――

「ああ……ようやく繋《つな》がった」

散ることのない桜。倒れることのない悪魔。童話を想《おも》わせる作り物めいた不条理たち。

嘘《うそ》と幻想で描かれた絵空事を、現実に写す魔法がひとつだけ存在する。

「この世界そのものが、雪姫の〝魔法《ユメ》〟なんだ」

天界の林檎と七人の天使《こびと》。絶世《ぜっせい》の美貌《びぼう》を持つ控えめなお姫様と、いまいち頼りない王子様。どこか白雪姫の話に似ているぼくらの物語。

「林檎《りんご》を食べて眠ってしまうなんて、童話の『白雪姫』そのものだ」

天界の林檎を食べてしまったお姫様が描いた夢の世界。それが宿主《やどぬし》の願いを叶《かな》えようと林檎がもたらした奇跡の正体。

散ることのない桜も、倒れることのない悪魔も、魔法が作り上げた幻だったのだ。

「ずっと咲いていればいいって、言ってたもんな」

今思えば、デートに出掛けた日の、駅からの帰り道での雨も、雪姫の願いが降らせたのかもしれない。帰りたくないとこぼした雪姫の願いを世界が叶えようとした。夢の主《あるじ》がそう願ったから、世界が雨を降らせてぼくを足止めしようとした。

この世界は、雪姫のための世界だから。

ぼくが真相に至った直後、舞い散る桃色の花弁が光に変わりはじめた。

真っ白な光は、まるであの日の雪のよう。

たぶん、魔法に到達した者が世界から追放される予兆なのだろう。

物語の絶対原則だ。お伽話の住人は、世界が作り物だと気づいてはいけない。

知ってしまえばそこで終幕《おしまい》。脆《もろ》くて弱い奇跡は瞬く間に意味を見失う。

だからもう時間はない。世界から弾き出される前に決着をつけなければならない。

読み終えた物語《おはなし》のページは閉じなくちゃいけないけれど、ぼくらはまだ、結末を迎えていないのだから。

「とりあえず、おつかれさま。ミントはゆっくり休んでてくれ」

猫を草の上におろして、頭を撫《な》でてやる。シロクマくんの相手をして相当疲れたのだろう。返事はなく、わずかに目を細めるだけだった。

「ここからは、ぼくが頑張る番だよな」

決意を胸に目を覚ました幼馴染《おさななじみ》の元に戻る。

木の幹に背中を預けた雪姫は、眠たげな瞳でぼうっと桜を見上げていた。花弁が光と化す幻想も、世界が崩れゆく光景も、雪姫《ゆきひめ》には視《み》えていないのだ。

ぼくの姿を認めると、うっすらと淡い笑顔をみせた。

「なあ雪姫。白雪姫はさ、眠りから覚めて本当に幸せだったのかな」

「どうして？」

「毒リンゴを食べさせるような酷《ひど》い王妃《おうひ》がいる現実《せかい》より、夢の中にいたほうが幸せだったかもしれないだろ。すくなくとも嫌なことからは逃げられる。もしそうなら、王子様の決断は余計なことだったんじゃないか？」

「そんなことないよ。お姫様には王子様がいるもの」

「乙女チックな回答だな」

「私、現役の乙女ですけど？」

口を尖《とが》らせながらそう言って、悪戯《いたずら》っぽく微笑《ほほえ》む。

「なら、お姫様が見ていたのがとびきり幸せな夢でも？」

「え？」

「好きな相手とデートしたり、一緒に夕飯を食べたり、おなじベッドで眠ったり——そんな時間が、目覚めと共に消えてしまうとしても、王子様の選択は間違ってないのか？」

ゆっくりと、言葉を反芻《はんすう》するように雪姫が目を閉じる。

「……この前ね、昼休みにイッキ君がいなくてさみしかった」

——最初に現れたシロクマくんは悲しげな顔をしていた。

「デートした日にね、夢を見たの。イッキ君に抱きしめてもらう夢。すごく嬉《うれ》しかった」

——その時のシロクマくんは嬉しそうにはにかんでいた。

「イッキ君にトイレを開《あ》けられて、恥ずかしくって、イッキ君は悪くないのにむっとしちゃってた」

——シロクマくんの怒った顔はなかなか迫力があった。

「いまは、こうしてイッキ君といられて楽しいの」

そう言って雪姫はわらう。さっきまでそこにいたシロクマくんとおなじ、満開の笑顔。

寂《さび》しくて悲しい。ふれあうのが嬉しい。恥ずかしくて腹立たしい。一緒にいられて楽しい。他愛《たあい》のない喜怒哀楽《きどあいらく》。幼馴染が前髪で隠してきた感情たち。

シロクマくんの表情は、雪姫《ゆきひめ》の心を写していたんだ。

「この時間が夢だとしたら、覚めてほしくはないけれど――」

とけて消えてしまいそうな世界の中で、夢の主《あるじ》は可憐《かれん》にわらう。

「それでもお姫様は、王子様にキスしてほしいと願《おも》ってるよ」

もはや世界はカタチを成していなかった。夢の成分だった光が溢《あふ》れているだけだ。真っ白な光はさながら砂時計のように偽りの時間を落とし続けている。

「ねえ、イツキ君?」

雪姫が歌うようにぼくの名前を囀《さえず》る。

「もしも私が毒リンゴを食べてしまったら、深い眠りにおちてしまったら、キスで起こしてくれますか?」

試すように、誘《さそ》うように、あの日の言葉を再現した。

「ああ、いいよ。ぼくが君の王子様になってやる」

それは子どもの頃とおなじ答え。たとえ恋愛感情を失ってても変わることのなかった雪姫への想《おも》い。ぼくは、ようやく思い出した。あの時、その言葉に頷《うなず》いた瞬間に、もう心は決まっていたのだ。近すぎて見えなかっただけで、ぼくにはこの子だけが大切だった。

「だから帰ろう、雪姫。ぼくのお姫様――」

細い腰に腕をまわして抱き寄せて、いきなり唇《くちびる》を押しつけた。

目配せも確認もない。初めてするには強すぎる口づけ。

熱くて、ほんのりと湿った女の子の唇《くちびる》。

やわらかくて、たまらなく気持ちいい。

舌で唇を舐《な》めると、びくんと腕の中で少女が震えた。

さらに強く唇を押し付ける。唇を割り開《ひら》いて舌を差し入れる。

「んぅ⁉　ふ——⁉」

一瞬だけ彼女の体がこわばって、すぐに弛緩《しかん》する。

目当ての部位を見つけて逃がさないように絡め取る。

重《かさ》ねた部分がとけてしまいそうだ。ぐちゃぐちゃに混ざり合って、元に戻れなくなりそうな心地よさ。

舌ですくった彼女の唾液《だえき》は、甘いリンゴの味がした。

猫耳天使と恋するリンゴ

第六章 ✥ 天使と林檎

麦わら帽子をかぶったミントの手を引いて道を行く。

白の洋服《ワンピース》は天使が魔法でこしらえたもの。季節はずれの帽子は猫の耳を隠すため。尻尾《しっぽ》は服の中にうまく収納してあり、今日は下着も装着させた。パンツを穿《は》くことになぜか強い抵抗を示し、ものすごく渋ったのだけれど半《なか》ば強引に説《と》き伏《ふ》せた。

「天使に無理やり下着を穿かせるなんて信じられません」

「ノーパンで出歩くほうが信じられないから」

むっと唇《くちびる》を引き結ぶミント。パンツの一件から天使の機嫌《きげん》は麗《うるわ》しくない。

「わたくしにはショーツの必要性が理解できません。これは衣服の上からだと見えないものです」

「パンツと人間社会は切っても切れない関係にあるんだ。一心同体と言っていい。衛生的な面でも重要なアイテムなんだぞ」

「天使は病気しませんし、本来であれば衣服などは必要ないのです」

「人前に姿を晒《さら》すなら絶対に必要だ」

「認識を阻害《そがい》すれば第三者にわたくしの姿は視《み》えません」

「今日はそれ禁止。猫になるのも禁止な」

「むぅ……そもそも、どうして猫になるのがダメなのですか？」

「猫を連れ歩くより、可愛《かわい》い女の子と並んで歩くほうが嬉《うれ》しいからかな」

「わたくしの姿は年端《としは》もいかない少女です。それでもイッキさまは嬉しいのですか？」

「もちろん。小さくてもミントは美人だからな」

「……わかりました。イッキさまの指示に従《したが》います」

不満げにしながらも承諾してくれた天使が、不意に舞い込んだそよ風の悪戯《いたずら》にたどたどしい手つきで帽子を守る。かわりに取りこぼされた金糸《きんし》がさらわれて、小さな歩幅が進むたびにキラキラと光を振《ふ》り撒《ま》いた。

「しかし、実際に体験してもまだ実感がわかないな。雪姫《ゆきひめ》の夢の中にいたなんて」

夢から覚めると、ベッドでぼくに折り重《かさ》なるように制服姿の雪姫が眠っていた。お姫様を起こさないように携帯を開《ひら》いたぼくは驚いたものだ。

「なにせ、携帯に表示された日付が一週間も前のものだったからな。部屋で雪姫に告白された瞬間から半日も経《た》っていなかったんだから」

目覚めた時刻は二十三時五十九分。シンデレラの魔法も解けてしまう時間。

過ぎ去ってしまったはずの四月最後の火曜日。ぼくが雪姫に告白された日。告白されてからおよそ六時間後の、日付が切り替わる直前にぼくは夢から覚めた。

ぼくらが夢の中にいた間、現実世界では数時間しか進んでいなかったことになる。

「夢での一日が現実世界では一時間になるんだろうな。浦島太郎とは逆のパターンだ」

「夢の魔法が発動したのは、ユキヒメがイツキさまを押し倒した時と推測します。対象との接触が発動の条件だったのかも。イツキさまは、何か異変を感じませんでしたか？」

「……そういえば、雪姫《ゆきひめ》に押し倒された時に耳鳴りがしたっけ。ほんの一瞬だったけど、あれは魔法を掛けられた音だったのか」

「その段階で既に林檎《りんご》は黄色になっていたのですね。あの時、あの部屋にいたわたくしとイツキさまだけが彼女の夢に誘《さそ》われたのです」

「どうりでシロクマくん以外の悪魔に遭遇《そうぐう》しないはずだよな。夢の中には、そもそも悪魔なんていなかったんだから」

「他の天使もいなかったのですから、連絡が取れないのも当然でした」

ちなみに白木《しらき》の家には双樹《そうじゅ》が電話をしてくれたらしい。おまけに雪姫は双樹の部屋に寝泊まりしたことになっているという徹底ぶり。本当によく気の利く妹である。

「目が覚めたのはいいものの、なんか力が出なくて雪姫をどかせないし、そのまま二度寝して朝になったらベッドから起き上がれないし。おかげで昨日は学校を休むはめに」

「夢の中にいた影響ですね。体感した時間と現実の時間との齟齬《そご》の修復——夢から急に引き戻されたために、元の感覚に慣らすのに休息が必要だったのでしょう」

「小難しくてよくわからん」

一緒に眠っていた雪姫も昨日の朝にはいなくなっていた。放課後に見舞いに来てくれたらしいが、何度目かの昼寝をしていたぼくは彼女の顔を見ていない。

そして本日は木曜日。ようやく復活したぼくは学校をサボタージュした。

あと五分足らずで十時に届く現在時刻。教室では二時限目の折り返し地点といった頃合いで、この時間なら同級生とすれ違うこともない。

「彼女の本当の願いは、イッキさまとキスをすることだったのですね」

「実際のところはどうかわからないけどな」

「ですが、イッキさまのキスで林檎が熟《じゅく》したのは事実ですよ？　ユキヒメはそれだけ大きな幸福を感じたということです」

「恥ずかしいからノーコメントを許してください」

「もしかしたら、あの結末《キス》は林檎の思惑通《おもわくどお》りだったのかもしれませんね」

「どういう意味？」

「林檎がひとつになるには、林檎を食べた男性が少女の模様に口づけを施《ほどこ》す必要があります。その絶対条件を利用することで宿主《やどぬし》の願いを叶《かな》えようとしたのではないでしょうか。〝舌の強化〟や〝夢の世界〟は単なるおまけにすぎず、本命は片割れであるイッキさまに彼女の唇《くちびる》を奪わせることだった。……そう考えることはできませんか？」

「天界の林檎《りんご》が、雪姫《ゆきひめ》とキスするしかない状況を作り上げたってことか」

ミントの推測通りなら、ぼくらはまんまと林檎に踊らされていたということになる。

「林檎が舌にあるならキスするしかないわけだしな。確かに理屈は通ってる。……でも、あんまり興味はないかな。そんなことよりも重大な悩みがあるし」

「重大な悩み？　なんでしょうか？」

「夢の中でのキスは、ファーストキスになるのかな？」

え、と間の抜けた声を漏らすミント。ぼくの発言がよほど意外だったのか、ぱちぱちと瞬《まばた》きをしたりして。

「そうですね、そのほうがロマンチックだと感じます」

「ん、そうだな。ぼくも、あのキスがノーカウントだとは思えない」

雪姫が忘れてしまっているとしても、夢物語の一枚《ページ》でしかなかったとしても、まぎれもなくぼくのファーストキスだった。

「わたくしは彼女の記憶を取り戻すのは不可能だと言いました。林檎の栄養となった記憶を取り戻すことは人間《イツキさま》にも天使《わたくし》にも不可能です。ただし、ひとつだけ例外があります」

「天界の林檎だろ？」

天使がわずかに驚いたようにぼくを見て、それから小さく頷《うなず》いた。

「そうです。イツキさまの中にある、完全に力を取り戻した林檎に願えば可能でしょう」

「もう言葉通りに受け取れないよ。どうせ裏があるんだろ？　そういえば、願いを叶《かな》え終えた林檎ってどうなるんだ？」

「願いの規模にもよりますが、たとえば人の手では不可能な奇跡を実現した場合、力を使い果たした林檎は栄養を求めて砕けてしまいます。複数の少女を苗床《なえどこ》にするためです。膨《ぼう》大《だい》な奇跡を行使した魔力を補《おぎな》うには、一人の少女では足りませんからね」

「そうか。なら、やっぱり林檎は使えないってことだな」

夢の中で重《かさ》ねた一週間を雪姫に返したい。そんな身勝手な願いと引き換えに、誰《だれ》かの幸せを奪うことなんてできないから。

「天界の林檎はぼくには必要ないものだ。ちゃんとミントに返すよ」

返答はなかった。返事の代わりに、繋《つな》いだ手に力がこもった。

「それで、イツキさまはどこに向かっているのですか？」

「雪姫の家。ぼくの林檎を取り出す前に確認しておきたいことがある。推理小説でいうところの『未回収の伏線』を拾っておかないといけない」

「未回収の伏線……？」

「雪姫の夢に誘《さそ》われたのがぼくとミントだけなら、あいつの中の存在も夢には登場していないってこと」

「……よくわかりません」

「すぐにわかるよ」

首を傾《かし》げる天使を伴って、ほどなくして白木《しらき》家に到着する。

ミントの手を引いて門を潜《くぐ》ると、目当ての『あいつ』は行儀よくぴっとおすわりをして、それから誇らしげに「わふんっ」と鳴いた。

驚きはしなかった。白犬の変貌を見るのが二度目だからということではなく、こちら側のリトルが忠犬のままであることは想定していたから。

「しかし、二度目でも信じがたい光景ではあるな」

「なんだか、とつぜんいい子になっちゃったのよねえ」

駄犬の要素が抜け落ちたリトルを見下ろしつつ、ママさんは頬《ほお》に手をあてた。

パパさんは会社。娘さんは学校とくれば家にいるのはママさんだけ。インターフォンを用いて専業主婦にご登場願った次第である。

「ところで、そちらの小さくて可愛《かわい》らしい女の子はどなた？　外国の人みたいだけれど」

「新しくできた友達です。ミントっていいます」

「そうだったの。ママさん、一樹《いつき》くんが道を踏み外したのかと思ってびっくりしちゃった」

「ぼくもママさんの豊かな想像力にびっくりしました」

「よろしくね、ミントちゃん」

「……よろしくお願いします」

ママさんは金髪の少女に興味津々のご様子で、金色の髪にふれたり、ほっぺをつついたりしている。ミントは抵抗できずにされるがままで、ただの子どものようだった。

「ママさん、リトルをお借りしてもいいですか？」

「いいわよ。うふふ、学校をさぼってワンちゃんの散歩だなんて、本当なら叱《しか》るところなんでしょうけど。ママさんね、男の子はすこしやんちゃなほうがいいと思うの」

「ありがとうございます。明日はちゃんと登校します」

ママさんにリトルの外出許可をもらい、犬のリードを借りて白木家を出た。

ミントにリードを握らせ、歩くこと十分。二人と一匹が訪れたのは天使と出会った公園。

敷地の中ほどにある大きな桜が、まだまだ綺麗《きれい》な花を咲かせている。

「ミント、例のものを頼む」

「お任せください」

天使の力に人除《ひとよ》けの魔法をかけてもらう。有効範囲は公園の敷地内。一般人に見られたらまずいので、ミントにはあらかじめ話してあった。

「イツキさま、魔法の展開が完了しました」

「ありがとう。これで気兼ねなく話ができる。——なあ、リトル？」

じっとおすわりしたままの白犬と向かい合う。

「そうしていると、まるっきり別の犬だな。飯を持っていった時だけ嬉《うれ》しそうに尻尾《しっぽ》を振るような駄犬だったのに、行儀よくおすわりなんかしちゃったりして」

リトルは何も答えない。大きなお尻《しり》を落ち着かせたまま、静かに耳を澄ませている。

「おかしいとは思ってたんだ。現実と夢を隔《へだ》てて、おまえの態度は変わりすぎていた。夢の世界では駄犬で、現実世界では忠犬。最初は林檎《りんご》の仕業かとも考えたけど、それなら雪《ゆき》姫《ひめ》の林檎を収穫した今も忠犬なのはおかしいよな?」

びしっとリトルに指を突きつけ、絶対の確信を込めて高らかに宣言する。

「ずばり訊《き》くけど、おまえはリトルじゃないだろ」

「……ふ、よくぞ見破った。さすがは林檎に選ばれた人間というわけか」

わずかな沈黙のあと、低い男の声が応えた。

じわりと響く静かな美声。ミントと同じく頭に直接送り込まれてくる声は、人間でいうなら二十歳そこそこのもの。間違いなく犬から発信されたテレパシー。

「それだけ態度が変わったら誰《だれ》だって疑問に思うだろ。不思議に思わないのは白木《しらき》家の住人くらいだよ。あそこの人、みんなぽーっとしてるから」

「違いない」

「連絡の途絶《とだ》えた天使がいるって聞いていたけど、おまえのことだったんだな。思いのほかあっさりと認めてくれて助かった」

「既に正体を掴《つか》まれていたのだし、口を閉ざしたところで無意味だろう」

白犬が視線をミントに向ける。威圧的な図体《ずうたい》に反して穏やかな物腰で、敵対の意思は感じられない。

「やあ、新米天使が林檎の傍《そば》にいるとは驚いたよ。君はずいぶんと優秀なようだ」

「……そんなところにいたのですか、貴方《あなた》は。最初に見た時には気づきませんでした」

「それはそうだろう。気づかれないように工夫していたのだから。もはや正体を隠す必要はなくなったから、細工を施《ほどこ》す意味もなくなったわけさ」

この天使は何らかの方法で自分の気配を消していたらしい。認識を阻害《そがい》して人間を欺《あざむ》けるくらいだ。同族を騙《だま》せても不思議じゃない。

「定期連絡に応答もせず、貴方は何をしていたのですか？」

「見ての通りさ。ご主人の犬として、忠実な従者として、充実した時を過ごしていた」

「これは立派な職務怠慢《たいまん》なのですよ」

「知っているよ。そんなもの、今の我にはどうだっていいことだ」

猫耳天使と犬天使。両者とも互いに対してあまり友好的ではない。どちらの主張も一方通行で噛《か》み合わず、犬のほうの天使には訊きたいこともあるので会話に割り込む。

「ミント。悪いけど、ここはぼくに任せてくれないか？」

「……イッキさまが、そうおっしゃるなら」

ぼくは草の上に腰を下ろした。ミントも倣ってすぐ隣に座る。

「それでリトル……ああ、中身はリトルじゃないんだっけ。えっと……仮ってことで『犬天使』って呼ぶけど異論はあるか？」

「かまわないよ。君の名前は連絡を受けて知っている。君のことはイッキ殿と呼ぼう」

「ああ。さて、まずは犬天使に質問だ。雪姫《ゆきひめ》に林檎《りんご》の片割れを与えたのはおまえか？」

「ご明察《めいさつ》。散歩中に半分に割れた林檎を見つけたのでね、悪魔に拾われるのも惜しいし、こっそり回収して、ご主人が入浴している隙《すき》に彼女の机の上に置いておいたのさ」

「描写が完全に犯罪者《ストーカー》だな……。雪姫の傍《そば》に天使がいるなら、もしかしてとは思ったけど」

お姫様に毒リンゴを与えた魔女は、あろうことか犬だったというオチ。

「でも、どうして雪姫に？　林檎がどんなモノなのか犬天使だって知ってるんだろ」

「我が犬でしかないからさ。ペットとして傍にいることはできても、彼女の願いを叶《かな》えてやることはできない。ご主人が忘れてしまうのだとしても、イッキ殿の意識が変わってくれればいいと思った。イッキ殿に、ご主人の想《おも》いに気づいてやってほしかったのさ」

彼の言葉に、ぼくは純粋に驚いた。

「どうしてそこまで……人間に助けられた恩返しとかそういう理由？」

ぼくの質問に「いいや」と首を振る白犬。目を閉じてどこか遠くを見やるように顔を上げ、太陽が眩《まぶ》しかったようですぐに視線を落とす。

「我は人間を愛してしまったのだよ。ご主人を、愛してしまったんだ」

「それって……雪姫に惚《ほ》れたってこと？」

「おかしいかい？　そもそも天使は心を持たない存在だ。もちろん恋愛感情も備わっていない。だけど、ぼんやり下界を眺めていた我の目に彼女が留まったのさ。我は彼女に夢中になった。これほど美しい人間が存在するのだと驚いた。雪のように綺麗《きれい》な彼女を見ているうちに……我は、自分が恋をしていることに気がついた。同時に心の誕生を知ったのさ。そして、どうしても彼女に逢《あ》いたくなった」

愛した人間に逢いたかったから。人の心の在り方と変わりない、あまりに単純な行動原理で彼はここにいる。

「だから林檎が落ちたと報《しら》せがあった時は喜んだよ。回収の任務に就《つ》くことで合法的に人間界に降りることができるのだからね。誤算があったとすれば、ご主人を間近で見ることができて、一目でもと思っていたはずなのに、彼女の傍にいたいと願ってしまったことさ」

「ずいぶんと人間臭いことを言うんだな。それでリトルに体を借りたのか？」

「頼んだらあっさりと体を貸してくれたよ。なんでも自分で動くのが面倒だとか」

「……あの駄犬め。うちの猫とは大違いだな」

言いつけを遵守《じゅんしゅ》し、話に口を挟まないミントの頭を帽子の上から撫《な》でてやる。

「ふふ。我が犬になってからご主人はご機嫌《きげん》だ。言うことを聞いて偉いと褒めてくれる」

「あー……雪姫《ゆきひめ》のやつ、リトルには困らせられてばっかりだから」

「それに犬の耳は優秀でね、ご主人の独り言や着替えの衣擦《きぬず》れの音までもがはっきりと聞き取れる」

「なっ⁉ この変態天使！ そんなマニアックなことをして楽しんでいたのか⁉」

「天使には性欲が無いのだよ。ゆえに女性の着替えになど関心はない。ただ、ご主人の声が届くのは嬉《うれ》しいのさ。たとえそれが、我の名を呼ぶものでないとしても」

彼女が独り言で誰《だれ》の名前を呟《つぶや》くのか、それを知る術《すべ》はぼくにはない。けれど、ぼくじゃない誰かの名前を呼んでいたのだとしたら、それはなんだか寂《さび》しいと思った。

「犬天使は雪姫が好きなんだろう？ ぼくと雪姫が恋仲になってもいいのか？」

ふむ、と彼は少しだけ間を置いてからテレパシーを発した。

「イツキ殿は、どうしてご主人が夢の世界を作り上げたかわかるかい？」

思いもよらない切り返しを受け言葉に詰まる。雪姫が夢の世界を作った理由。あれだけの奇跡を編み上げた理屈を、ぼくは考えてもみなかった。

「それはご主人が願ったからだよ。イツキ殿と〝ふたりきりになりたい〟という願いだ。我とおなじだよ。ご主人はただ、愛した相手と一緒にいたかったのさ」

一緒にいたくて、ふたりきりになれたら嬉しくて、余計な邪魔が入らなければ言うことはない。それが——夢の世界を作り上げた雪姫の想《おも》い。

犬天使はミントに視線を向ける。

「君の報告にあったシロクマくんという怪物もそうだ。ご主人の作った悪魔が君を襲ったのは、ご主人の〝ふたりきりの世界〟において君の存在が邪魔だったからだ」

「なるほど。怪物《シロクマくん》の目的は、主人《ユキヒメ》と対象《イツキさま》を〝ふたりきり〟にすることだったのですね」

「本物の悪魔じゃないシロクマくんは、最初から天界の林檎《りんご》なんて眼中になかったんだな」

ぼくを襲わず、天使に危害を加えようとした理由。ヌイグルミの悪魔は、主《あるじ》の願いのために邪魔者《ミント》を夢から排除しようとしたのだ。

「でも……それなら屋上に現れたシロクマくんはどんな願いで動いてたんだ？　あの時はまだ現実世界にいたから、ミントを追放するのが目的じゃなかったはずだ」

「その時は昼休みだったね。ご主人はイツキ殿と〝お昼休みも一緒にいたい〟と思ったのではないかな。林檎の魔法で生み出したシロクマくんが、イツキ殿を迎えに参上したと考えれば辻褄《つじつま》が合う」

犬天使の説明にぼくは素直に舌を巻く。

「じゃあ、雪姫が眠っている時にだけ出現したのは？」

「夢の世界の維持《いじ》に魔力の大部分を使っていたぶん、就寝中にしかシロクマくんに十分な燃料を供給できなかったのだろうね。宿主《やどぬし》が寝ている間は余計なエネルギー消費も発生しないし、ゆっくりとだが魔力も回復する。ご主人が眠っている時にだけ出現したのではなく、眠っている時にしか出現できなかったのさ」

「ですが、シロクマくんの出現条件が〝ユキヒメが眠ること〟ならひとつの矛盾が生じます。ユキヒメが寝静まっていたはずの、夜間の襲撃がなかったことです。彼女の就寝中に悪魔が現れなかったのは不自然ではないでしょうか？」

「言われてみればそうだな。雪姫《ゆきひめ》は毎晩普通に眠っていたわけだし、膝枕《ひざまくら》した時も奴《やつ》が昼寝の邪魔をしにきたりはしなかった」

「簡単な理屈だよ。ご主人が眠っているのに怪物が出現しない状況を思い出してみればいい。例えば夜が更けた時間なら、イツキ殿だってベッドの中だろう？」

最初は屋上。次は児童公園。残り二つは家の近所の道路上。シロクマくんは必ず屋外に出現した。逆に言えば、ぼくらが屋内にいる時に悪魔の妨害はなかったのである。

「たとえユキヒメが眠っていても、イツキさまがお家にいる間は、シロクマくんも出現しなかったということですか」

「その通り。となれば理由も簡単だ。ご主人は、イツキ殿を困らせたくはなかったのさ」

「……確かに、あんなのに家ごと襲われたら困るな」

白木《しらき》雪姫が眠りにつくこと。ただし、花神一樹《はながみいつき》に危害が及ばない場合に限る。

それがシロクマくんの出現条件。主《あるじ》たる姫君が眠りにつき、王子に危害が及ばない状況下でのみ、偽りの悪魔は夢の世界を徘徊《はいかい》できた。

「シロクマくんが出現するたびに強くなっていったのは、ご主人が幸福を得るにつれ、林《りん》檎《ご》の力が増していったのが要因だろう」

「そういえば……最初に現れたシロクマくん、やたら弱かったもんな」

風船並みに脆《もろ》かった。林檎の魔力が足りず、風船オバケを作るのが精一杯だったのだ。

林檎の力に比例して強化されていったシロクマくん。最終的に天使の魔法を受けても倒れない怪物になっていたのは、林檎が力のほぼ全てを取り戻していたから。

「なにより夢の世界において、夢の主であるご主人が作り上げた怪物が強力なのは当然と言える。なにせ世界そのものがシロクマくんの味方なのだから」

魔法の媒体《ばいたい》となるのが人間の体では無茶《むちゃ》な魔法は発動しない。いくら林檎が成長しようと、夢の加護がなければシロクマくんがあそこまで強力になることはなかった。

「公園で出くわした時、シロクマくんは突っ立っているだけでぼくらを襲わなかった。雪姫の毒に反応したんじゃなくて、自分の主に危害を加えるわけにはいかなかったんだな」

標的はミントでも、近くに雪姫がいる状況では無闇《むやみ》に攻撃には移れないな」

魔法で編まれた怪物は作り手たる雪姫を傷付けられない。

「シロクマくんが作り手の心を表情に写していたことは、イツキ殿も気づいていたのだったね」

「ああ、そのおかげで雪姫《ゆきひめ》の本音も知ることができた」

素顔がいつも真実を反映しているわけじゃない。でも、シロクマくんが浮かべた表情は本物だった。偽らず、誤魔化《ごまか》してもいない、雪姫が胸に秘めていた裸の感情。普段は絶対に見えることのない心の内側を、彼女が生み出した悪魔を介して知ることできた。

「イッキ殿は怪物の正体も、世界の嘘《うそ》も見破ってみせた。そしてご主人を夢の檻《おり》から連れ出してくれた。どれも、彼女を大切に想《おも》っていないとできないことだ」

そこで一度、犬天使は言葉を切る。

「天使の恋は人間とは違うのだよ。ご主人は本気でイッキ殿を想っている。その想いが成就して、彼女が幸せになってくれたなら、我にとっては最高に嬉《うれ》しいことなのさ」

静かに口にして、ふっと目を細める犬天使。

「イッキ殿は我に問いかけたね。ご主人とイッキ殿が恋仲になっていいのかと。もはや口にするまでもないだろう。これが、君の問いかけへの回答だよ」

ぼくは天使に問うた。好きな相手が別の誰《だれ》かと結ばれてもいいのか、と。

ぼくの問いに彼はイエスと答えた。誇らしげに胸を張り、躊躇《ためら》いもなく言い切った。愛した人間のために想って彼は主人《ユキヒメ》に尽くしている。それこそ本物の忠犬のように。もしかしたら、天使の恋は親愛や憧《あこが》れに近いのかもしれない。

「そういえば……犬天使が雪姫の背中を押してくれたんだったな」

思えば、あの時の雪姫は告白をする決心がつかずにいたのだと思う。彼女が踏み出せたのは彼のおかげだ。勇気を出せと、雪姫の一歩を後押ししてくれたから。

「ありがとう、犬天使」

「ご主人のためさ」

そう言って「ふふふ」と人間のように笑う。

「それで我をどうするつもりなのかな？　天界に連れていくのかい？」

「当然です。然《しか》るべき処分を受けていただきます。上級天使だからといって容赦《ようしゃ》しません」

「いいだろう。わずかな時間とはいえ彼女と過ごすことができたからね。頭を撫《な》でてもらえたのはまさに至福《しふく》だった。大人しく天界に帰ろう」

天使どうしの話もまとまったようだ。二人のやり取りを聞いていると、どうやらミントはなりたての新人天使で犬のほうはベテラン天使らしい。

ともあれ、残された工程はひとつだけ。

ぼくの林檎《りんご》を取り出すだけだ。

「イツキさま、上着を脱いでいただけますか？　それとも、わたくしが脱がせて差し上げたほうがイツキさまは嬉しいのでしょうか？」

「自分で脱ぐからいい」

ミントの申《もう》し出《で》を断ってシャツを脱ぐ。胸に刻まれた模様。真っ赤に熟《じゅく》した林檎《りんご》が収穫の時を待っている。手にしたシャツをどこに置くか迷った末、犬の背中に預けた。

「そういえば、天使に林檎の模様は視《み》えないんじゃなかったか？」

「完全に力を取り戻した林檎なら天使も視ることができるのです。イツキさまの模様は、ちゃんとわたくしの目に映っていますよ。収穫の方法はイツキさまと同じです」

そう言って麦わら帽子を手に取るミント。三角の猫耳があらわになり、青い瞳がぼくをとらえる。天使は手にした帽子をどうしようかと迷った末、犬の頭にそっと乗せた。

ふわりと風がじゃれついて、頭上の枝から花弁を連れ去っていく。

せっかく咲いてもすぐに散ってしまう花。別れを連想させる儚《はかな》い花弁がミントの髪にキスをする。金髪にこぼれた花弁をはらってやり、そのまま何となく頬《ほお》を撫《な》でてみる。

「……ミントもおなじ気持ちだったなら、ずっと咲いていられたのかもな」

ふたりがおなじ気持ちでいたなら、その関係は咲き続けるだろう。

心は散らないまま、離れ離れになることもなく、ずっと一緒にいられる。

「もしかしたら、雪姫《ゆきひめ》もこんな気持ちだったのかもしれないな」

月曜日の放課後。満開の桜並木の下で、散りゆく桜に別れを連想したのかもしれない。

ミントは不思議そうにぼくを見上げている。別れに対して、この子はどんな感情も挟んではいないのだろう。なら、この気持ちを口にするべきじゃないと思った。

「イツキさま、すこし腰を落としていただけますか?」

「ああ、ミントの背じゃ口が届かないもんな」

ぼくは立ち膝《ひざ》になる。これでようやく目線が同じくらい。

「ん……いい感じです」

小さな両手が胸にあてられる。

「それでは……いただきます……」

ミントの唇《くちびる》がぼくの胸にふれた。灼《や》けるような熱さと、ぬるっとした感触が肌を這《は》っていく。行為は一瞬。ぼくの林檎は淀《よど》みなく回収され、天使が唇を離す。

「……ごちそうさまでした」

ぺろりと唇を舐《な》めたミントが両手を宙に差し出すと、淡い光と共に、その手に真っ赤な林檎が現れた。ぼくが食べたものより一回り大きな真紅の果実。

少女の姿をした天使は、ぼうっと果実を見つめている。

「ようやく――取り戻せた」

宝物のように林檎を胸に抱き寄せた。ほっとしたような表情で、ほんとうに天使のような表情で、ぼくまであったかい気持ちになる。

シャツを着直したぼくは、別れの前にもう一度だけ天使の頭を撫でようと手を伸ばす。

けれど、それは叶《かな》わなかった。

次の瞬間、背中に強い衝撃を受けたぼくが地面に転がったからだ。

打ちつけられた痛みに耐えながら、身に起きた出来事を反芻《はんすう》する。

倒れ込む寸前、かろうじて見えたのは最初にぼくを襲った恐ろしい悪魔の姿。山羊《やぎ》の頭部を持つ人型の怪物と、ぼくを庇《かば》うように前に立った猫耳の少女。

腰から白い翼を生やし、頭上に金色の輪を浮かばせた、本物の天使の姿だった。

「──帰りなさい。イツキさまも、天界の林檎《りんご》も、悪魔になんて渡しません！」

ミントの凛々《りり》しい声が響き渡り、膨大《ぼうだい》な光が一面を塗りつぶす。彼女と初めて出会った時と同じ、天使の光にぼくの視界は奪われた。

それから少しの間を置いて、機能を取り戻した目に映ったのはリトルの顔だった。天界の林檎を口にくわえた白犬が鼻先を頬《ほお》にこすりつけてくる。

「イツキ殿、無事か？」

「……なんとか。どうなったんだ？」

「悪魔に襲われたのだよ。我とあの子とで追い払ったが」

「ていうか、どうして犬天使が林檎を持ってるんだ？　ミントは？」

犬が体を横に向ける。一瞬、視界に映った光景が理解できなかった。一人の少女と一匹の黒猫。少女は仰向《あおむ》けに倒れていて、長い金髪が散らばっていて、彼女にはもう猫耳は付いていなかった。黒猫が心配そうにその身を少女にこすりつけている。

「ミント⁉」

痛む体を無理やりに引きずって、ミントの傍《そば》に駆け寄る。

「申し訳ありません。力を、使い果たしてしまったようです。この子を助けるので精一杯でした。傷付く前に、体を返せてよかった」

天使が、ぎこちない手つきで猫のノドを撫《な》でる。

「おまえ、その体――」

華奢《きゃしゃ》な少女の肉体は大きく切り裂かれていた。右肩から左の脇腹《わきばら》まで走る途方《とほう》もない裂傷。熊《くま》にでも襲われたような、人間なら間違いなく致命傷の爪痕《つめあと》。

傷口からは鮮血ではなく青白い光が流れ落ちている。

「生物でいう血液のようなものです。これは、致命的な損傷です。ここまで壊れてしまったら、もはや修復もできません」

「そんな――」

傷からこぼれるのは血液じゃなくて光の粒子。人と天使はこんなにも違う。あまりに綺《き》麗《れい》で幻想的で、ほんとうに、お伽話のようだった。

「失念していました。取り逃がしたのなら、二度目の襲撃を警戒するべきでした。あの悪魔は林檎が熟《じゅく》すのを待っていたのでしょうね」

ミントの肌の色が、存在が、徐々《じょじょ》に薄くなっている。傷口を癒《いや》す術《すべ》がないということは、崩壊が止められないということは、この子が消えてしまうということだ。

「それよりも林檎《りんご》は無事ですか？」

「無事だよ。我が口にくわえている」

「よかった。わたくしは、役目を果たせたのですね」

「いいわけないだろ……っ!!」

ぼくは自分の声に驚いた。胸が熱くなって、子どもみたいに感情を吐き出して、いけないとわかっているのに心はとまってくれない。

「……イツキさま？」

天界の林檎は犬天使が守ってくれた。すぐ傍《そば》にいるのに、白犬に視線を向ける力さえ残っていないのだ。そんな自分を放置して、満足げに笑う天使が許せなかった。

「……なぜ、そんな顔をするのですか？」

少女の細い指が頬《ほお》にふれる。

「ユキヒメの記憶が奪われることを知った時のようです。イツキさまは悲しいのですか？」

「悲しいよ。ミントが消えてしまうのは悲しい。ミントは悲しくないのか？」

「天使には感情がありません。空っぽの人形みたいな存在です。だから、悲しくなんてないのですよ。イツキさまが悲しむことなんてないのです」

「自分を人形だなんて言うなよ。あんなに笑ったりしてたじゃないか。頭を撫《な》でたら、気持ちいいって、言ったじゃないか」

瀕死《ひんし》の体で天使はわらう。冷たくて脆《もろ》い、硝子《ガラス》のような微笑。

「だってそれは――そういうふうに振舞《ふるま》っていなければ、生きているように動かなければ、イツキさまが不審に思うでしょう？」

その言葉に息をのむ。締め付けられたように胸が痛んで、涙が出そうだった。

「なら、どうしてぼくを助けたんだ？　あのタイミングなら、林檎だけ守ってぼくを見捨てることもできたのに、ミントはそうしなかった」

ぼくはもう林檎を持っていなかった。それでもミントはぼくの前に立った。身を挺《てい》してぼくを助けたところで、天使である彼女に利益はないはずなのに。

初めて、ミントが困ったように視線を彷徨《さまよ》わせた。

「ほんとうだ……不思議です。どうしてだろう。そうしたいって、思ってしまいました」

曖昧《あいまい》で不確かで、矛盾だらけの天使の理論。綻《ほころ》びだらけのミントの言葉は、それ故に強くて確かな意味をもたらしてくれた。その言葉だけで理由には十分すぎた。

「ああ……答えは聞けた。ぼくは、こんな別れは嫌なんだ」

白犬の口から林檎を奪う。犬天使はあっさりとぼくに渡してくれた。

ずっしりとした重み。雪姫《ゆきひめ》から奪った記憶の重み。幼馴染《おさななじみ》が育てた幸福な時間と引き換えに、ぼくは真っ赤な林檎《りんご》に呼びかける。

「天界の林檎よ――おまえが願いを叶《かな》える魔法の果実だというなら、どんな望みも現実にするというなら、ぼくの願いを聞いてくれ！」

願いごとなんてなかったぼくが、林檎にすがってまで叶えたい望みができたんだ。

「まさか……だめ――だめですイッキさまぁっ!!」

天使が叫ぶ。懇願《こんがん》するような、悲鳴のような声は不自然な静寂《せいじゃく》に塗りつぶされた。

唐突に世界から色と音が消え、ひとりでにぼくの手を離れた林檎が空中で静止する。

灰色の景色の中で、林檎の赤だけが鮮やかに燃えていた。


『あなたの願いを叶えましょう。真っ赤な林檎が叶えましょう』


それは少女とも少年とも取れる不思議な声だった。林檎の意識が紡《つむ》ぐ、魔的で神秘的な声。真紅の果実がぼくの胸に問いかける。『あなたの願いは何ですか』と。

ぼくは伝える。たったひと言。精一杯の想《おも》いを込めた、ぼくの〝願いごと〟を。

林檎が黄金色の光を放ち、それを合図に世界が色を取り戻す。

林檎の光は横たわる天使に絡みつき、傷付いた体を包み込む。

小さな体の、引き裂かれた部分が嘘《うそ》のように修復されていく。

やがて傷が完全に無くなって、本来の白い肌があらわになる。

ぼくの願いは叶えられ、力を使い果たした林檎は、ぱんと弾けて果実の欠片《かけら》が飛び散っていった。確認できたもので四つほど。実際はもっと多いかもしれない。

「よかった。一個だけ残ってくれた」

手元に残ったのはサクランボほどの小さな小さな林檎。

躊躇《ためら》うことなく一口でいただく。小さくてもやはり美味《おい》しかった。

「……な、なんてことをするのですか」

震える声。手を伸ばせば届く距離で、金髪の少女が呆然《ぼうぜん》と立ち尽くしていた。

「せっかく、せっかく林檎を復元できたのに。イツキさまの恋愛感情も取り戻せていたはずなのに。イツキさまは、ユキヒメと、幸せになれたはずなのに……っ」

はだけた体を隠そうともせずに、ミントが睨《にら》むようにぼくを見上げる。むき出しの強い意志に思わずたじろいでしまう。天使の目には、涙が浮かんでいた。

「どうしてわたくしを助けたのですか！　どうして林檎を食べてしまうのですか！　どうして、どうして——っ」

ぼくは無理やりミントの声を遮《さえぎ》った。言葉ではなく、行動で。

たぶん、世界でぼくだけじゃないだろうか。泣きじゃくる天使を抱きしめたのは。

「ぼくは林檎の欠片を探すよ。一生かけても。ミントも、一緒に探してくれるだろ？」

「……もちろん、です。約束、しましたから」

一緒に林檎《りんご》を取り戻すという、いつかの夜の約束。

「それに、今回の件もわたくしの不手際です。悪魔の襲撃をゆるしたばかりか、深手を負ってイッキさまに林檎を使わせてしまいました」

「違うよ。ぼくのわがままで願ったんだから、ミントが負い目を感じることはない」

「……わたくしを癒《い》やした奇跡は、ユキヒメの記憶と引き換えだったのですよ？」

「わかってる。わかってたけど、あのままお別れするのは嫌だったんだ」

「また、異性から記憶を奪うことになるのですよ？　少女の記憶を奪うことで、イッキさまはきっと心を痛めます」

「それも覚悟の上だ。後悔なんてしない」

「……ばかな人間《ひと》」

腕の中で、呆《あき》れるようにこぼしたミントは、ようやく体から力を抜いた。

「だいたい、感情がないならどうして泣くんだよ？」

「なく……？　え、あれ？　どうして……？」

ぺたぺたと顔に手をあてるミント。自分が流す感情の結晶にオロオロしていた。

「やはりな。おかしいとは思っていたのだが、納得がいったよ」

「犬天使、何かわかったのか？」

「林檎が割れてしまった本当の理由さ。その子は最初に林檎を手にした時、無意識に願ったのだろう。おそらく〝心が欲しい〟という願いだ。だから林檎は力を失っていた」

「そうか……悪魔の攻撃で二つに割れただけなら、力まで失っているはずがないもんな」

「その子が利害を無視してイツキ殿を助けたのも、それで説明がつく。その子にとって、イツキ殿と過ごした時間が、それだけ大切なものになっていたのだろう」

はっとなって隣を見下ろす。ようやく涙が落ち着いたらしいミントが、驚いたような顔でぼくを見上げていた。その涙の跡を、できるだけ優しく拭《ぬぐ》ってやる。

「しかし、本来は存在しないはずのモノがいきなり生まれたわけだからね。感情を持ってはいても、その構造《メカニズム》を把握できていない。自分がどうして笑うのか、どうして怒るのか、どうして悲しむのか、その理屈をこの子はまだ知らない。人間の子どもと一緒だよ」

子どもの頃、自分が思っていることを大人にうまく伝えられないことがあった。気持ちを表現するための知識《ことば》が足りなかったからだ。

「そっか……ミントはまだ、知らないだけなんだな」

ミントがぼくの感情をわかってくれなかった時、人間と天使は相容《あいい》れないと思った。

でもそれは、人が何を大切にしているのか知らなかっただけ。心が生まれたばかりのミントは赤ん坊みたいなもので、ちゃんと教えてやれば人の心も理解できる。

ぼくが、教えてやればいい。

「こころ……」

消えそうな声で呟《つぶや》いて、ミントが自分の胸に手をあてる。

「……わたくしは〝自分《こころ》〟が欲しかったのですね」

この日、ぼくは天使がこぼした涙を見た。彼女が生まれて初めて流した心の証明。一度は途切れたはずの雫《しずく》が、片目から一粒だけこぼれ落ちた。

「この胸に心があるのなら、わたくしは望んでもいいのでしょうか……」

噛《か》みしめるように口ずさむ。誰《だれ》かに向けたものではない。不確かな足場を確認するような、不安げな瞳でぼくを見る。

「イツキさま……」

小さな両手がきゅっとぼくの手を握る。唇《くちびる》は沈黙を歌ったまま、天使はぼくの体温を確かめて、右手の甲にキスをくれた。

「イツキさまはわたくしがお守りします。だから、だからもうすこしだけ——砕けた林檎《りんご》を集めてしまうまで、貴方《あなた》のお傍《そば》にいさせてください」

「ああ、もちろん」

天使と林檎は二度目の約束を交わし合う。

小さな手を握り返すと、生まれたての心で紡《つむ》いだ笑顔をみせてくれた。

◇◇◇

猫と天使の賃貸契約は延長され、天使《ミント》はこのまま黒猫の体を借りることになったらしい。

犬天使については、ぼくらに協力することを条件に白木《しらき》家の庭に返すことにした。彼の助力は林檎の収集において有利に働くと判断したからだ。ミントは納得いかないといった顔をしていたけれど、反対はしなかった。

「こら、学校サボって外を出歩くんじゃありませんっ」

「す、すみません！」

白木家へ戻ろうと公園を出た直後、背後からの叱責《しっせき》に直立不動するぼく。後ろからくすくすと忍び笑いが聞こえて、それが近しい人物の声であると気づく。

「……いきなり背後から声をかけるなよ。びっくりするだろ？」

「それ、学校サボった人の台詞《せりふ》じゃないと思うよ？」

制服をまとい、顔の前で学生鞄《かばん》を携《たずさ》えた白木雪姫《ゆきひめ》が立っていた。鞄で顔がまったく見えないわけだが、背格好と声が百パーセント本物《ユキヒメ》であると証明している。

「雪姫だってサボりじゃん。まだ午前の授業も終わってないだろ」

「イツキ君が心配で早退してきたの。余計な心配だったみたいだけど」

そっと鞄の下を押し上げて、ぼくの隣に佇《たたず》む犬と、足元の猫を見て溜息《ためいき》混じりに言う。

ぼくの視点からだとやっぱり顔が見えない。

「でも、いいや。イッキ君が元気になったなら」

そう言って、雪姫《ゆきひめ》が鞄《かばん》の奥でふわりと笑う。いや、笑ったような気がした。好奇心に負けたぼくは、雪姫の登場から、あえてふれなかった怪奇現象を指摘してみる。

「ところで雪姫、どうして鞄で顔を隠してる？」

「え、何かおかしい？」

「おかしいだろ。おかしくないと思っている雪姫がおかしい」

両手で掲げられたスクールバッグで雪姫の首から上が見えない。挙動不審で不気味で怪しい。どうやら鞄の向こうに隠しておきたい秘密があるらしい。

「見てもおどろかない？」

「見てみないとわからないな」

「おどろかないって約束して」

「おどろかないよ」

「……おどろかないんだ。おどろいてほしかったのに。イッキ君のばか」

「ぼくにどうしろと？　というか、その鞄の裏でいったい何が起こってるんだ？」

「それは、えっと、こういうことと言いますか――」

すっと鞄が下ろされる。拍子抜けするくらいあっさりとしたネタばらし。ただし、驚いてほしいという幼馴染《おさななじみ》の要求は見事に叶《かな》うこととなる。

「………」

文字通り、ぼくは言葉を失った。鞄の向こうの雪姫はショートカットだった。肩をくすぐるようだった髪先が切られ、短い髪が明るい印象を与えてくれる。驚いたのは前髪もばっさり切っていたこと。髪留めがなくても瞳を隠さない、理想的な長さ。

「どうかな？　似合う？」

「あ、ああ……すごく似合ってる。可愛《かわい》いよ」

思わず見惚《みほ》れていたのは恥ずかしいから秘密だ。女の子の髪型は魔法だと思う。ぼくの知らない雰囲気にどきっとさせられたのだから。

「雪姫、ちょっと舌を見せてくれないか？　べーって」

「え、こう？」

「そうそう……ん、ありがとう。もういいよ」

「そう？　ふふっ。舌を見せてくれなんて、へんなイッキ君」

くすくすと雪姫は笑う。おかしそうに。楽しそうに。シアワセそうに。夢の中でもそうしたように――まっさらなのどを鳴らす。

雪姫の舌に林檎《りんご》はなかった。一週間分の記憶と共にぼくが奪ってしまったからだ。

「イッキ君、指はもうだいじょうぶ？」

一瞬、何を言われたのかわからなかった。

言葉を紡《つむ》いだ本人さえ、困惑したように手を唇《くちびる》にあてている。

「あれ？　私、なに言ってるんだろう？　最近ちょっとおかしいの。記憶が曖昧《あいまい》で、どうしてイツキ君のお部屋にいたのかもよく憶《おぼ》えてないし。……ごめんね、忘れて？」

心が沸騰《ふっとう》するかと思った。熱くて熱くて、ただひたすらに熱くて。

我慢なんてできるはずもなく――想《おも》いのままに彼女を抱きしめていた。

夢の世界に置き去りにしてきた切り傷。その痛みを、この子は気に留めてくれたから。

記憶はないはずなのに、どこかに残っていると教えてくれた。

突然のことに驚きながらも雪姫《ゆきひめ》が腰に腕をまわしてくれる。優しい温度。愛《いと》しさがこみ上げて、溢《あふ》れそうな気持ちと共に強く体を押し付けた。

「あのさ……実はぼく、大事な試験を受けている途中なんだ」

「試験？　資格、とか？」

「内容は教えられない。だけど、長い時間がかかるかもしれない。でも、絶対に片付けるから……そしたら、雪姫に聞いてほしいことがあるんだ」

砕けた林檎《りんご》の欠片《かけら》を集め終えたら、失《な》くした〝恋〟を取り戻せたら、その時こそ雪姫の気持ちに返事をしよう。

「だから、その時まで待っていてくれないか？」

「うん、待ってる。がんばって」

　男という生き物はどうしてこう単純なのだろう。雪姫の「がんばって」というひと言で、めげずにゴールまで走れる気がした。

「あのねイッキ君？　ちょっと、その、恥ずかしいです……」

「そうだな。でも、もうちょっとだけ」

「……うん。じゃあ、もうちょっとだけ」

　けっきょくそのまま三分ほど抱き合った。ぼくらの側《そば》を押し車のおばあちゃんが通らなければ、まだ離れていなかったかもしれない。

「イッキ君はこれからどうするの？」

「リトルを小屋に戻そうと思ってる」

「じゃあいっしょにいく」

「学校に戻らなくてもいいのか？」

「いまから戻る勇気ないし。それに約束したもの。リトルの散歩に付き合ってくれるって」

「そうだったな。学校サボってまですることじゃないけど」

　こんなカタチで約束を果たすことになるとは思いもしなかった。

　雪姫が猫を抱きたいと言うので彼女の鞄《かばん》を受け取った。大きな白い犬のリードを握るぼくと、黒猫を胸に抱いた女子高生。目立ちすぎるぼくらは並んで公園をあとにした。

「雪姫《ゆきひめ》、ゴールデンウィークは一緒にプールに行かないか？」

「あ、いいね。いきたい。でも、どうしてプール？」

「雪姫のビキニが見たいから」

「……イッキ君、えっちだ」

とりあえず林檎《りんご》のことは後回し。せめて連休が終わるまでは羽を休めたい。それに、春の連休は雪姫のために使おうと思っていた。

「そうだイッキ君。お隣さんにもらったリンゴがあるの。帰ったら一緒に食べよう？」

「あー……リンゴは遠慮する」

「え、どうして？」

「んー……食べたら違う味を思い出しそうだから、かな」

「違う味？」

きょとんとした表情。無垢《むく》な瞳の上目遣いを、ぼくは横を向くことで回避する。熟《じゅく》した林檎のようになっているであろう顔を見られないように。

「ごちそうさまでした」

「意味わかんないよ」

欠けたはずの感情《こころ》が彼女の甘さを思い出してしまうから。

ぼくはまだしばらくの間、リンゴは食べられそうにない。

猫耳天使と恋するリンゴ

あとがき

『猫耳天使と恋するリンゴ』は、私にいろんな初めてをくれた作品です。

初めて賞を頂いた作品というのはもちろんですが、一人称で小説を書いたのも実は初めてでした。作中でこんなにヒロインの服を脱がせたのも初めてです。本当です。本当ですよ？　そうそう、あとがきを書くのも初めてですね。

そして初めて読者様の手にわたる作品でもあります。それが少しだけこわくて、けれど楽しみでもあります。この本にふれて、すこしでも喜んでいただけたら幸いです。

さて、ここからは謝辞を。

イラストを担当してくださった榎本《えのもと》ひな先生、とっても素敵な絵をありがとうございます。絵の可愛《かわい》さに負けないよう頑張りますので今後ともよろしくお願いします。

選考してくださった先生方、担当様をはじめとする編集部の皆様、出版や販売に関わっていただいたすべての方にお礼を申し上げます。

応援してくれた友人と家族、手に取ってくださった初めての読者様に精一杯の感謝を。

それではまた、次の機会にお会いしましょう。

花間燈《はなまとも》

MF文庫J

猫耳天使と恋するリンゴ

発行	2013年11月30日 初版第一刷発行
著者	花間 燈
発行者	三坂泰二
編集長	万木 壮
発行所	株式会社 KADOKAWA 〒102-8177 東京都千代田区富士見2-13-3 03-3238-8521（営業）
編集	メディアファクトリー 0570-002-001（カスタマーサポートセンター） 年末年始を除く 平日10:00～18:00まで
印刷・製本	株式会社廣済堂

Printed in Japan ISBN 978-4-04-066085-1 C0193
http://www.kadokawa.co.jp/

この作品は、第9回MF文庫Jライトノベル新人賞（佳作）受賞作品「猫耳天使と恋するリンゴ」を改稿したものです。

【ファンレター、作品のご感想をお待ちしています】
〒150-0002 東京都渋谷区渋谷3-3-5 NBF渋谷イースト
株式会社KADOKAWA　MF文庫J編集部気付「花間燈先生」係　「榎本ひな先生」係

第10回 MF文庫J ライトノベル新人賞 募集要項

MF文庫Jにふさわしい、オリジナリティ溢れるフレッシュなエンターテインメント作品を募集いたします。他社でデビュー経験がなければ誰でも応募OK！ 応募者全員に評価シートを返送します。

最優秀賞	正賞の楯と副賞100万円
優秀賞	正賞の楯と副賞50万円
佳作	正賞の楯と副賞10万円

★賞の概要
10代の読者が心から楽しめる、オリジナリティ溢れるフレッシュなエンターテインメント作品を募集します。他社でデビュー経験がなければ誰でも応募OK！　応募者全員に評価シートを返送します。年４回の〆切を設け、それぞれの〆切ごとに佳作を選出します。選出された佳作の中から、通期で『最優秀賞』、『優秀賞』を選出します。

★審査員
あさのハジメ先生、さがら総先生、三浦勇雄先生、ＭＦ文庫Ｊ編集部、映像事業部

★〆切
本年度のそれぞれの予備審査の〆切は、2013年6月末（第一期予備審査）、9月末（第二期予備審査）、12月末（第三期予備審査）、2014年3月末（第四期予備審査）とします。※それぞれ当日消印有効

★応募規定と応募時の封入物
未発表のオリジナル作品に限ります。日本語の縦書きで、1ページ40文字×34行の書式で80～150枚。原稿は必ずワープロまたはパソコンでＡ４横使用の紙に出力（感熱紙への印刷、両面印刷は不可）し、ページ番号を振って右上をWクリップなどで綴じること。手書き、データ（フロッピーなど）での応募は不可とします。

■封入物 ❶原稿（応募作品）❷別紙Ａ　タイトル、ペンネーム、本名、年齢、郵便番号、住所、電話番号、メールアドレス、略歴、他賞への応募歴（多数の場合は主なもの）を記入 ❸別紙Ｂ　作品の梗概（1000文字程度、タイトルを記入のうえ本文と同じ書式で必ず1枚にまとめてください） 以上、３点。
※書式等詳細はＭＦ文庫Ｊホームページにてご確認ください。

★注意事項
※各期予備審査の進行に応じて、ＭＦ文庫Ｊホームページにて一次通過者の発表を行います。
※作品受理通知は、追跡可能な送付サービスが普及しましたので、実施しておりません。
※複数作品の応募は可としますが、1作品ずつ別送してください。
※非営利に運営されているウェブサイトに掲載された作品の新人賞へのご応募は問題ございません。ご応募される場合は応募シートの他賞への応募履歴の欄に、掲載されているサイトのお名前と作品のタイトル名、ＵＲＬをご記入ください。
※ウェブサイトに掲載された作品が新人賞を受賞された場合、掲載の取り下げをお願いする場合がございます。ご了承下さい。
※１５歳以下の方は必ず保護者の同意を得てから、個人情報をご提供ください。
※なお、応募規定を守っていない作品は審査対象から外れますのでご注意ください。
※入賞作品については、株式会社KADOKAWAが出版権を持ちます。以後の作品の二次使用については、株式会社KADOKAWAとの出版契約に従っていただきます。
※応募作の返却はいたしません。審査についてのお問い合わせにはお答えできません。
※新人賞に関するお問い合わせは、メディアファクトリーカスタマーサポートセンターへ
☎0570-002-001（月～金　10:00～18:00）
※ご提供いただいた個人情報は、賞選考に関わる業務以外には使用いたしません。

★応募資格　不問。ただし、他社で小説家としてデビュー経験のない新人に限ります。

★選考のスケジュール

第一期予備審査	2013年 6月30日までの応募分	選考発表／2013年10月25日
第二期予備審査	2013年 9月30日までの応募分	選考発表／2014年 1月25日
第三期予備審査	2013年12月31日までの応募分	選考発表／2014年 4月25日
第四期予備審査	2014年 3月31日までの応募分	選考発表／2014年 7月25日
第10回ＭＦ文庫Ｊライトノベル新人賞 最優秀賞		選考発表／2014年 8月25日

★評価シートの送付
全応募作に対し、評価シートを送付します。
※返送用の90円切手、封筒、宛名シールなどは必要ありません。全てメディアファクトリーで用意します。

★結果発表　ＭＦ文庫Ｊ挟み込みのチラシ及びホームページ上にて発表。

〒150-0002　東京都渋谷区渋谷3-3-5　NBF渋谷イースト
株式会社KADOKAWA　MF文庫J編集部気付　ライトノベル新人賞係